セシル文庫

ヴァンパイア・ベイビーズ

一文字 鈴

イラストレーション／ケイト

ヴァンパイア・ベイビーズ◆目次

ヴァンパイア。
ベイビーズ

空全体が漆黒に塗りつぶされた静かな夜だった。

三十二階建てのホテルの屋上は、月に手が届きそうなほど高い。

雲の隙間から差し込む月明かりが、獣が睨み合うようにして屋上に立つ、二人の長身の男を静かに照らしている。

このホテルの若きCEO《シーイーオー》で、英国貴族のような雰囲気の金髪緑眼の美青年アルベルト・ウィンザーが、向かい合った黒髪紅眼の男、ライアン・キルビスを睨みつけていた。

「ライアン、なぜお前が日本にいる？」

月光に煌《きら》めく金髪を夜風に躍《おど》らせながらアルベルトが尋ねると、苛立ちに顔を歪《ゆが》ませたライアンが声を上げて笑い出した。

「くくっ……わかりきったことを訊くんじゃねぇよ、バーカ！　お前を追って来たに決まってるだろうが！」

野太いライアンの声が静寂の中に響いて、アルベルトは深緑色の双眸を細める。

「相変わらず、知性のかけらもない話し方だな。俺はお前と話すことは何もない。さっさと英国へ立ち去れ」

　ちっと舌打ちしたライアンが、黒髪を掻き上げながら声を張り上げた。

「けっ！　お前はいつまで愚《おろ》かしい掟《おきて》に縛られているんだ？　頭が悪いところは昔からちっとも変わってねぇ！　アルベルトの石頭め！　バカ、バカ、バーカ！」

　傲慢な態度で言い放つライアンに、アルベルトは形のよい眉をしかめた。

「大の男が幼子《おさなご》のように悪態《あくたい》をつく姿は、見ていて寒々《さむざむ》しいものがあるな。俺は今のまま、人間との共存を望んでいる。ライアン、お前は掟に背《そむ》いて罰を受けたのに、いつまで戯言《ざれごと》を言うつもりだ？」

「戯言じゃねぇよ！　お前の方こそ、弟を失ってもまだ人間と仲良くしようだなんて、頭がどうかしてるんじゃねえの？　俺達は永遠の命を持つ闇の支配者だぞ。人間なんかと共存する必要はねぇんだよ。バァーカ！」

　ライアンの叫びが静寂の中に響いた。怒りで彼の真紅の瞳がさらに鮮やかさを増している。

　月光に照らされたアルベルトの端整な白皙《はくせき》を睨みつけているライアンの顔は怒りに歪み、ギリギリと噛みしめている口元にはヴァンパイアの象徴である牙が見える。

「落ち着け、ライアン。俺はこれ以上、堕ちるお前を見たくない」

「ぬけぬけと……いいか、アルベルト、協調派のリーダーで、人間界でもホテル王として成功しているお前が改革を立案すれば、過半数を超える賛同者が出る。掟を変えられるチャンスなんだぜ。それにこれはルークのためでもある」

ライアンは叫びながら右手を前に伸ばした。ピキピキと皮膚が裂ける音が聞こえた直後、爪が生き物のように蠢《うごめ》き、アルベルトに襲いかかった。

「待て、ライアン！　ルークは関係ないだろう？」

アルベルトは一度身を屈《かが》め、方向を変えて大きく飛び上がると、大気《たいき》を切り裂きながら自在に伸縮する爪をギリギリのところでかわす。

「……俺の子だ。無関係なわけがねぇじゃねーか。俺はルークを人間を排除した世界の王にする」

ライアンの低い声が夜の闇の中に吸い込まれた刹那《せつな》、アルベルトが表情を強張《こわば》らせて叫んだ。

「ルークは俺の子だ！　ライアン、あの子に何かしたら、いくらお前でも絶対に許さない」

アルベルトが右手をライアンに向けるのを見て、ライアンの唇がゆっくりと曲線を描いた。

漆黒の髪を風に揺らしながら、ライアンが再び攻撃体勢にうつる。ドォッと轟音《ごうおん》が響いた次の瞬間、二人の爪が蛇のように伸び、すさまじい音を立てて絡み合った。

「ちっ、相変わらずの速攻だな」

苛立《いらだ》ったライアンが強引に爪を引き戻し、素早く角度を変えてアルベルトを狙う。ギュルルッと音を立てて伸びた鋭利な先端がアルベルトの後方の壁を抉《えぐ》り取った。

「ライアン、絶対にルークを巻き込むな！」

執拗《しつよう》に仕掛けてくる攻撃を避けながら、アルベルトが鋭い声で叫ぶ。高く飛び上がってホテル・ウィンザー屋上の外壁を蹴り、体制を立て直しながら両手をライアンに向ける。ゴッと大気を揺るがす気配とともに、鋭く尖った爪が屋上の壁を突き破り、バラバラと外壁が崩れ落ちた。

月が雲に隠れる。漆黒の闇の中でライアンの笑い声が響き渡った。

「俺は絶対に諦めねぇぞ。覚悟して待ってろよ、アルベルト！」

「…………」

ヒュッと夜風が二人の間を吹き抜ける。その直後、漆黒の闇にライアンの姿は溶けて消えていた。アルベルトは睨むように夜空を見つめ、唇を噛みしめて立ち尽くしていた――。

高層ビル群の中でも確然たる一線をなした高さを誇るホテル・ウィンザー。その豪奢なエントランスホールは、大きな窓から差し込む眩《まばゆ》い光に包まれていた。

大理石の床は陽射しが反射して煌《きら》めき、壁には繊細な模様が描かれた金額縁の名画が一面に飾られて、東京でも屈指の古い歴史を持つ高級ホテルにふさわしい重厚な空間を作り出している。

（よしっ、午後の仕事も頑張るぞ！　目指せ、一人前のホテルマンだ！）

肩章が凛々しいネイビー色の制服に身を包んだベルボーイの雪永真樹《ゆきながまさき》は、昼休憩から戻ると、午後からの勤務を前に意気揚々と心の中でガッツポーズを決める。

半年前、大学を卒業と同時に念願のこのホテル・ウィンザーに就職し、ようやくベルの仕事に慣れてきた真樹は、ガラス扉の向こうでゲストがタクシーを降りるのを見て、足早に近づいて声をかけた。

「ホテル・ウィンザーへようこそ、内藤《ないとう》様。お待ちしておりました」

真樹が微笑みかけると、品の良い老夫婦は目を丸くし、すぐに顔を綻《ほころ》ばせた。

「まあ、前に泊まった時から三か月以上経っているのに、名前を憶えてくれているなんてうれしいわ。ありがとう」

奥様から褒められて、真樹は照れながら小さく頭を下げる。

「……お褒めに預かり、恐縮でございます。内藤様、どうぞ、フロントへ」

ドアマンから荷物を引き継ぎ、居住まいを正して内藤様をフロントまで案内する。

奥様に腰痛があると以前聞いたことを思い出し、ゆっくり歩いていると、ご主人が嬉しそうに真樹を見つめた。

「まだ若いのに、気持ちの良い対応をするベルボーイだね。それに君はずいぶんときれいな顔をしている。一瞬、女性かと思ったよ」

真樹が返事に困っていると、奥様が笑いながら夫の背中を軽く叩いた。

「まあ、あなたったら。女性みたいだなんて、男性に対する褒め言葉ではないわ。失礼よ。ごめんなさいね」

「いや、すまん、すまん。きれいだと褒めたかっただけなんだ」

慌てて取り繕う内藤ご夫妻に微笑みを浮かべて会釈を返し、真樹はフロント係に二人のお名前を伝える。

「おそれいります。チェックインの手続きを取らせていただきますので、どうぞおかけください」

椅子を引いて二人を座らせると、ラゲッジカートを所定の場所まで取りに行き、荷物を載せる。ふと、フロントのそばにある大型ミラーに映っている自分の姿が見えた。

（うわ、もうすぐ二十三歳になるのに、この童顔……）

先ほど内藤様から指摘されたように、女性と言っても違和感がないくらい全体的な骨格が細い真樹は、平均より少し低い身長、白い肌に漆黒の髪と大きな瞳で、今までもよく女の子に間違われてきた。成人してからも、男性から街中ですれ違い様にじろじろと見られたり、酔っ払いから『きれいな姉ちゃん』と抱きつかれたことさえある。

どうやら自分は異性だけでなく、同性からも好かれるのだと気づいてからは、真樹は恋愛に対して消極的になった。学生時代はアルバイト、就職してからは仕事に夢中で、二十三歳の今まで恋愛の経験もキスの経験さえもまだない。高校の時の友人の中には、早くも結婚したり子どもが生まれたりという話まで聞く。子ども好きな真樹はうらやましくて仕方がない。

（いいなぁ、子どもって可愛いから大好き。僕も早く可愛い子どもが欲しい。できればたくさん……って、その前に、まずは一人前のホテルマンになれるように頑張らないと。さあ、仕事、仕事）

頬をパチパチと両手で叩いて背筋を伸ばし、深呼吸する。

フロントで内藤様のチェックインの手続きが終わり、真樹は荷物を載せたラゲッジカートを押して部屋まで案内する。

「内藤様のお部屋は三〇〇五号室でございます」

エレベーターに乗り、三十階のボタンを押す。エグゼクティブフロアでエレベーターを下りると、白壁と赤を基調とした複雑な模様の絨毯《じゅうたん》が敷かれた通路が続き、オーク素材のドアが並んでいる。反対側には、街並みを一望《いちぼう》できる窓が設けられていて、そこからの景色に、内藤ご夫妻は目を輝やかせた。

「まあ、さすがに三十階は見晴らしが素晴らしいわね。高層ビルを見下ろしているわ」

「そうだな。おぉ、あの向こうに見えているのは新保山《しんぼざん》だな。眼下に眺められるなんて」

お二人が窓からの景色を見てはしゃいだ声を上げる姿に、真樹も頬を緩ませる。

（喜んでもらえて、よかった）

ホテル・ウィンザーは、世界中にラグジュアリーホテルを有する超高級ホテルグループで、この日本支店の地上三十二階、地下五階建ての堂々とした建物はプレミアムと呼ぶにふさわしい豪華な造りになっている。

十六階から上が客室で、結婚式場や大小様々な会議室、宴会室、フィットネスクラブ、スパ、従業員用宿泊室などの施設が充実し、年間を通して多くのゲストで賑わっている。

真樹は荷物を部屋の中へ置くと、ラゲッジカートを廊下に出して、老夫婦に頭を下げた。

「それでは内藤様、どうぞごゆっくりお過ごしください。内線の一番がフロントですので、何かございましたら遠慮なくお申しつけください」

「丁寧にありがとう。きれいなベルボーイさん」

奥様が目を細めて真樹を見ると、ご主人が呆れたように言った。

「おいおい、男性にきれいは失礼だと、わしには文句を言ったくせに」

「そうだったわね。でも、本当に女性よりもおきれいだから……。私もすっかり自信をなくしてしまいそうだわ」

「お前は今のままで十分きれいだろう」

「まあ、あなたったら……」

言ってしまってから、顔を赤らめて「しまった」という表情になったご主人を見て、奥様の頬も朱色に染まる。ご主人が市役所を定年退職されてから、共通の趣味の旅行をご夫婦で楽しまれている、仲の良い内藤ご夫妻の邪魔にならないよう、真樹は小さく礼をすると、そっと部屋を退出した。

一階まで下りて、空《から》になったラゲッジカートをフロントの横に戻し、宿泊予約状況を確認して真樹は小さく頷いた。

（うん、問題ない。チェックイン状況は落ち着いている）

ほっと息をつき、エントランスホール全体を見渡す。ふいにポケットの中のスマホが着信を伝えて震えた。

画面を見ると、祖父からだった。真樹は急いでフロント奥のスタッフルームの中へ入り、お客様に話し声が聞こえないようにドアを閉めて通話をタップする。受話器の向こうからなつかしい祖父の声が聞こえてきた。

『もしもし、真樹か？　わしじゃ。三か月ぶりじゃな。元気にしとるか？』

真樹は大学に入学するまで、両親と祖父、妹二人と弟一人の七人という大家族で、岡山《おかやま》の田舎で暮らしていた。

両親は共に小学校の教師で忙しく、四人兄弟ということもあり、真樹は小さな頃から祖父に可愛がられてきた。その祖父も今年で七十歳になる。一瞬、体調を崩したのかと不安になった。

「お祖父ちゃん、どうかしたの？」

『真樹が元気にしているか心配になっての、電話したんじゃ。ホテル勤務は大変じゃろう、身体を壊さんようにの』

「僕は元気だよ……大丈夫」

方言が多くておおらかな祖父の声を聞くと、胸がじわりとあたたかくなる。真樹はふと、このホテル・ウィンザーに就職して早くも半年が過ぎたのにまだ一度も帰省できていないことを思い出した。

「お祖父ちゃん、なかなか帰れなくてごめんね。それに連絡もできなくて……」

『なあに、便《たよ》りが無いのは良い便りじゃけぇ、真樹が元気に暮らしとる証《あかし》じゃとみんな安心しとる。ベルボーイっちゅう仕事はどうじゃ？』

「うん。だいぶ慣れたよ。ホテルの先輩たちも優しいし、お客様もいい人が多いから毎日楽しいよ」

『頑張っとるんじゃな、真樹。時間ができたら岡山に一泊でもええけぇ、戻っておいで。待っとるけえのぉ』

「うん……」

『仕事中に電話して悪かったの。切るけぇの』

「お祖父ちゃん……ありがとう」

自分でも情けないくらい声がかすれてしまった。受話器の向こうで祖父が優しく笑う気配がした。

『今すぐにでも真樹に会いてぇのぉ。無理するんじゃねぇぞ。それじゃあ、また電話するけぇの』

「僕も、お祖父ちゃんに会いたい。大好きだよ」

通話が終ると、真樹はスマホをポケットにしまって大きく息を吸った。

「見ていてね、お祖父ちゃん。僕、頑張るけぇね」

自分に言い聞かせるように呟《つぶや》いて、拳《こぶし》を握りしめた。

＊　＊　＊

ラゲッジカートを押しながらホテル内を往復していた真樹は、吹き抜けの窓から差し込む陽射しに顔を上げた。いつの間にか窓の向こうがオレンジ色に染まり始めている。

今日の真樹の勤務は午後六時までなので、あと三十分ほどだ。

（もう日が暮れかかっている。急いで見回らないと……）

「ロビーの見回りに行ってきます」

真樹はベルスタッフの同僚に声をかけ、フロントを出た。エントランスホールをゆっくり見渡すと、ロビーには革張りの大型ソファーが所々に設置してあり、くつろいでいるお客様も見える。

困っているお客様がいないか、ロビーにごみや不審物などがないかを確認しながら、真樹はメインロビーを足早に進む。人気のラウンジ前のロビーは、若いカップルや家族連れでいっぱいだ。ベルボーイの制服を着た真樹を見て、気軽に声をかけてくれるお客様も多い。

「こんにちは、ベルボーイさん」

「こんにちは、お楽しみいただいてますか?」

「ええ、とっても」

楽しそうなお客様の笑顔を見ていると、真樹の表情も自然とほころんでくる。

(よかった。ゲストの皆さんに喜んでもらえるのが一番うれしい……)

お客様と笑顔で挨拶をして別れ、まっすぐにロビーを歩いていた真樹は、新館のロビーの最奥で立ち止った。旧館へと続いているロビーの先にはお客様はおらず、静まり返っている。引き返そうと振り返った直後、ソファーの上で誰かが横になっているのが見えて、真樹は目を見張った。

(もしかして、ご気分でも悪いのだろうか……)

メインロビーから外《はず》れたここは、外階段へ続く階段があるだけだ。こんなところで横になっているのは、よほど体調が悪いのかもしれないと心配になる。

声をかけられるほどの距離まで近づき、真樹は足を止めた。

(あ……、様子が……)

ソファーで横になっているのは一人ではなかった。

女性の身体の上に男性がのしかかっているので、重なって一人に見えたのだ。しかも女性の胸元がはだけて白い肌をさらしている。真樹はぎょっとして、漆黒の両目を大きく見開いた。

「あぁっ……んっ、んん……」

静まり返った空間に、突如として女性の喘《あえ》ぎ声が聞こえ、真樹の心臓がドクリと跳ね上がる。

(なっ、何……今の声……)

よく見ると男性の方は外国人で、女性は日本人のようだった。男性は女性の上に覆いかぶさりながら、スカートの中に手を入れ、もう片方の手で女の胸元をまさぐっている。女性は恍惚《こうこつ》の表情を浮かべながら、男の逞しい背中に両手を回して身を捩《よじ》っていた。

(う、わっ……)

真樹は汗ばむ手を開いたり閉じたりしながら、目の前の衝撃的な出来事から目が離せずにその場に立ちすくんだ。心臓がドキドキと早鐘を打ちつけ、凍りついたように、絡み合う男女から目が離せないで固まっている。

突然、男が低く呻《うめ》いて、女性の首筋に顔を埋めた。ビクッと真樹の肩が揺れる。

「んっ、あっ、あっ……！」

喘ぎ声を上げながら女は男の首に腕を回して強くしがみついている。

「……大きな声を出すな」

男の冷静な声がロビーに響く。その直後、男は大きく口を開けた。

（あっ……？）

男の口に牙のように長い歯が生《は》えているのを見て、真樹は思わず息を呑む。その牙がふっくらとした女性の首筋にズブズブと沈められていく。女は白い喉を見せてガクガクと身体を震わせた。

「んあぁぁっ……！　んっ、あっ、あっ……ジェイコブ……ッ」

（なっ……今、首筋を噛んだの……？）

目の前の衝撃的な出来事に動転している間に、男はさらに強く女を抱き締め、首筋に激しく吸いついている。

「あぁぁぁぁ……っ、んぅ……ぁ……っ、ひっ……あぁぁん……っ」

女性はうっとりとした表情で男にされるまま、身をくねらせている。

見間違いではない。男は女の首筋に噛みついている。ショックが大きすぎて真樹は呆然とその場に立ち尽くしていた。

「……思ったとおり、お前の血は濃厚で美味《うま》いな」

女の首筋から顔を離した男が口元に笑みを浮かべて呟いた。彼の口から真っ赤な血が滴《したた》り落ちている。

（わっ……血、血が……）

眩暈がして、真樹は倒れないように、色が白く変わるくらい強く拳を握りしめる。

「んん……っ、ジェイコブ……止めないで……っ、はぁ……っ……」

「言われなくても、お前の血を全部飲んでやる――」

低く呟いて男が再び女性の白い首筋に牙を埋め込もうとした瞬間、真樹は叫んだ。

「やっ、止めろ」

男の動きが止まり、ゆっくりと顔を上げて真樹の方を見る。

「わっ……」

目が合ってしまい、真樹の口から思わず悲鳴が漏れた。

「貴様……誰だ？」

男が立ち上がり、右手を真樹の方に伸ばした。真樹は弾《はじ》かれたように踵《きびす》を返し、脱兎《だっと》のごとくロビーを駆け出す。

（な、何、今の……？　に、逃げなきゃ……）

怖くて振り返ることもできないまま、真樹は全速力でロビーを走った。駆けながらも、ついさっき見た信じられない光景が胸に去来《きょらい》し、慌てて首をぶんぶんと横に振る。その動きに合わせて、真樹の艶やかな黒髪が風になびいて踊った。

「真樹、そんなに慌ててどうしたんだ？」

斎藤《さいとう》健二の声にハッと我に返り、真樹は立ち止った。いつの間にかエントランスホールの入り口まで戻っている。

入社した時から真樹の教育係を担当している斎藤先輩の声を聞いた途端、安堵の気持ちが込み上げ、恐る恐る振り返った。誰も追ってきてないことを確認し、ふーっと息を吐き出す。

「顔色が悪いけど、何かあったのか？」

ベルキャプテンをしている二十七歳の斎藤先輩が、細い目をさらに細めて尋ねた。

「斎藤先輩、実はさっき、お客様が……」

「お客様からのクレームか？」

真樹はきゅっと口元を引き結んで頭を横に振った。

「僕、とんでもないところを見てしまったんです。旧館前のロビーで……男性が女性の上に重なるようにしてソファーで横になっていて……」

「は……？」

瞠目《どうもく》する斎藤先輩の視線を受け止め、真樹は息を吸い込んで話し続ける。

「そうしたら、いきなり男の人が、組み伏した女性の首筋に……かっ、嚙みついたんです」

「マ、マジかよ？　真昼間からすごいな。いちゃつくなら部屋の中ですりゃあいいのに。それにしても、真樹も災難だったな。そんな現場に居合わせるなんて」

頬を朱色に染めた斎藤先輩が、やれやれと言うように肩をすくめる。

「それだけじゃないんです。僕、もっとすごいところを見てしまって……」

「なっ、何だって？　もっとすごいのを見た？」

ゴクリを喉を鳴らし、何かを期待するように、斎藤先輩が細い両目をカッと見開いた。

（どうしたんだろう、斎藤先輩まで怖い……）

真樹は小さくため息をつき、先ほどの男の顔を思い出す。

「信じられないかもしれませんが、その男性の口から、すごく大きな牙が出ていたんです」

「きっ、牙ぁ？」

ぎょっとした斎藤先輩が大きな声を出した。呆然と真樹の顔を見つめている。

「それで、女性の首に噛みついて……血を吸っているように見えました」

「血を吸う？　真樹、見間違えたんじゃないのか？」

呆れたような斎藤先輩の口調に、ブンブンと首を横に振った真樹は、ハッと思い出した。

「そうだ、あの女性を助けないと……」

ひとりで戻るのは危険だし、怖い。吸血する男の姿を思い出すと、背中が凍りついたように冷たくなってしまう。

「斎藤先輩も一緒に来てください。お願いします」

まっすぐに斎藤先輩の顔を見つめる。

「え、俺も行くの？」

「お願いします。確かめないと、女性が怪我をして気を失っているかもしれません」

「……わかった。その場所に案内してくれ」

真樹は斎藤先輩を連れて、先ほど衝撃的な状況を見てしまったロビーへと急いだ。

「ここです……あ？　いない……」

そんなに時間は経っていないはずなのに、戻ってみるとソファーには誰もいなかった。

真樹は呆然となりながら、ソファーの上をじっと見つめる。

「これは……血？」

革張りのソファーの上と床に落ちていた赤い血の跡を見つめ、ポケットから取り出したティッシュで拭きとる。

（やはり血を吸われたんだ。あの女性は大丈夫なのだろうか……）

ぼんやりと意識を飛ばしていた真樹は、斎藤先輩の声で現実に引き戻された。

「誰もいないぞ、真樹。きっと見間違えたんだよ」

小さく笑いながら、斎藤先輩が心配そうに顔を覗き込んだ。

「なあ、頑張り過ぎて、疲れてるんじゃないかな」

「いいえ、僕は別に体調は……」

小さく首を横に振ると、肩をポンポンと励《はげ》ますように軽く叩かれた。

「真樹は入社して半年だろ。よく頑張ってるけど、そろそろ疲れが出る頃だ。年休を全然とってないし、ワーカーホリック気味だぞ」

確かに、仕事を覚えることに夢中で、休みを取っていなかった。それに実家が岡山と遠方のため、ホテル内の従業員室に宿泊している真樹は、仕事が休みの日もホテルの中の様子が気になって、結局私服でロビーを見て回ったり、お客様からの問い合わせに備《そな》えて周辺のレストラン等の施設を調べたりして仕事中心に過ごしていた。

「わかりました。近々、お休みをいただきたいと思います」

「ああ、真樹はゲストから人気があるし優秀だから、休まれると俺達スタッフは大変だけど、無理をすると倒れちまうぞ。近々、ＣＥＯ《シーイーオー》が管理業務を兼ねて視察に来るらしいから、バタバタする前に休みを取ってくれ」

「あの、ＣＥＯが日本へ来られるのですか？　確か英国にいらっしゃるのでは……」

ホテル・ウィンザーの本店は英国にあり、ＣＥＯはイギリス人だと、研修中に聞いている。

「まだ入社半年の真樹が知らないのも無理はない。ＣＥＯはホテル・ウィンザーの営業・経営管理をチェックして世界中の支店を飛び回っているんだ。三年前に来日された時に俺も一度だけお会いしたことがある。すごい人だったよ」

斎藤先輩が興奮気味に話すのを見て、真樹はＣＥＯがどんな人なのか興味が湧いてきた。

「こんな大きなホテルグループのＣＥＯって、どんな方なのですか？」

「ＣＥＯはアルベルト・ウィンザーというお名前で、ホテル王として圧倒的な手腕と人脈、そして能力を持っていると評判の精鋭なんだ。三年前に日本支店視察で来日した時は、きっとスタッフにめちゃくちゃ厳しいだろうと、皆がビビッていたんだけれど、実際はすごく理解があって、むしろ従業員の福利《ふくり》厚生《こうせい》を充実させようとしてくれていた。当時ベルボーイだった俺にまで気さくに声をかけてくれたんだ」

経営トップのCEOに声をかけてもらえた時のうれしさを思い出したのか、斎藤先輩は頬を緩ませ、細い目を瞬かせている。

そう言えば、このホテル・ウィンザーは快適な従業員用の宿泊室を低料金で利用できるし、スタッフ用カフェテリアやマッサージルームなどの施設も充実している。そのことからも、ミスター・ウィンザーが従業員のことを大切に思っていることが伝わってくる。

「ありがたいことですね」

真樹は見たことのないCEOを身近に感じ、小さく微笑んだ。

「それだけじゃないんだ。すごいイケメンで、初めてCEOを見た時は、マジでハリウッドスターかと思ったよ。英国人で貴族の家柄らしいけど、圧倒的美形ですごく迫力がある方なんだ」

大げさなくらい褒める斎藤先輩を見て、真樹はますますCEOに興味を持った。何歳くらいの人だろうか。きっと祖父を外人にしてたくましくしたような……と、真樹は田舎にいる祖父の顔を思い出し、英国人ふうにイメージしようとしてパッと顔を上げた。

「それじゃあ、クイーンズ・イングリッシュを使った方がいいですね。僕はアメリカ英語しか知らないので気をつけないと」

日本の学校で教えられているのはアメリカ英語だ。イギリス英語と文法や口語表現で多々相違《そうい》があり、発音の違いはことさらに大きい。少しでもイギリス英語の勉強をしなくては、と思っていると、斎藤先輩が顔の前で手を振った。

「まったく心配いらないから、安心してくれ。CEOは日本話がすごくお上手なんだ。ホテル・ウィンザーの幹部はほとんどが外国人なんだけど、ありがたいことに、みんな日本語がペラペラなんだ」

「そうなんですか」

ほっとして笑顔になった真樹を見て、斎藤先輩が小声で囁いた。

「そう言えば、ホテル・ウィンザーのスタッフについて噂があるの、知ってるか？」

「噂……？　いいえ、存じ上げません」

「そうか。実は『ホテル・ウィンザーは、従業員をルックスで選んでる』というまことしやかな噂があって、この業界では結構有名らしい。確かにこうして見渡しても、うちの従業員の容姿って、かなり高レベルなんだよな。真樹だって、女性みたいにきれいでかなり目立つタイプだ」

「ぼ、僕は普通ですよ。背も高くないし、色白で痩せすぎているし……」

真樹は百七十五センチの斎藤先輩をうらやましそうに見上げた。確かに、彼だって背がそこそこ高いし、目が少し細いけれど、整った顔立ちをしている。

(僕は身長、百六十八センチしかないからなぁ。もう少し高ければ、これほど『女みたい』と言われないのに……)

小さくため息をついた真樹の華奢な肩に手を置いて、斎藤先輩が顔を覗き込んでくる。

「正直なところ、真樹は女性スタッフよりもきれいだと思うよ。ついうっとり見惚れちゃうことも多々あるというか……あ、誤解するなよ、一応俺はお前の教育係だし、お前にその気がないことも知ってるから、妄想しかしてないから」

「も、妄想って……?」

意外な言葉に真樹が目を丸くすると、斎藤先輩はじわじわと目を細め、ゆっくりと伸ばした手で、ぐいっと真樹の腕を掴んだ。

「斎藤先輩?」

「そういう顔をされると、誤解するから、止めてくれ」

「い、意味がわかりません」

小首を傾げる真樹を見つめて、ふーっと斎藤先輩が息を吐き出した。

「……そうか。わからないのか……。仕方がない。俺はそろそろエントランスホールへ戻るが、真樹はどうする?」

「僕も戻ります。ミーティングルームで日誌をつけて終わりたいと思います」

斎藤先輩とエントランスへ戻ろうとすると、小西《こにし》フロントマネージャーが足早に歩み寄ってきた。銀縁の眼鏡をかけた彼はベルスタッフと違う、ダークブラウンの制服に身を包んでいる。

「おい斎藤、何を無駄話しているんだ？　お前はベルキャップだろう、こんなところで油を売ってないで、さっさとエントランスへ戻れ」

「……すみません、小西フロントマネージャー」

険《けん》のある物言いをする彼に、斎藤先輩の頬がヒクリと引きつっている。

今年二十七歳になる斎藤先輩より十歳年上の小西フロントマネージャーは、悪気はないのだろうが嫌みな言い方をすることが多く、真樹にとっても、彼は苦手な先輩だ。

「雪永、お前はすぐに旧館ロビーに行け」

憮然とした態度で命じられて、真樹は目を丸くした。

「何かあったのですか？」

「三歳くらいの外国人の子どもが、ひとりでロビーをうろついている」

「え、子ども……？」

ホテル・ウィンザーは外資系のホテルであることと、オフィス街と観光地の両方に近い立地から、外国人のゲストが多い。しかし繁忙期《はんぼうき》以外、宿泊は新館を優先させている。旧館のロビーに三歳の子どもがひとりでいるのは珍しい。家族の方はお部屋なのだろうかと、真樹は小首を傾《かし》げる。

「新館に宿泊中のご家族でしょうか。きっとご心配されているでしょうから、館内放送を……」

真樹の言葉を遮《さえぎ》るように、小西フロントマネージャーが苛立った声を上げた。

「放送しても来なかった場合、どうするつもりだ？　宿泊客の子どもかどうかもわからないうちに放送はできない。最近の親は子供を平気で放置するくせに何かとうるさいからな。とにかく、面倒なことになる前にその子どもを何とかしろ」

「……」

いくら相手が三歳の子どもでも、大切なゲストであることに変わりはない。小西フロントマネージャーの無責任な口調に驚いた真樹が顔を向けると、彼は口元を歪めて笑った。

「何を驚いている。他人のガキがどうなろうと知ったことではないが、ホテル内で怪我でもされたら大変だ。俺の出世に傷がつく。女みたいな顔をして、物腰が丁寧なお前なら、子どもは素直に言うことを聞くだろう。保護者の元に送り届けてこい」

「……わかりました」

踵を返して通路を戻って行く小西フロントマネージャーの背中を複雑な気持ちで見送っていると、斎藤先輩が肩を軽く叩いた。

「あの人の言い方は何とかならないのかな。それに面倒なことは部下に任せっぱなし。あれでフロントマネージャーだもんな」

眉をしかめ、斎藤先輩はため息を吐く。確かにフロントの責任者という立場にあるはずなのに、彼の言動からはゲストへの思いやりがまったく感じられない。真樹は重くなりそうな気持ちを払拭するように笑顔で言った。

「斎藤先輩、僕、子どもは大好きなので、大丈夫です」

「そうだったな。真樹は四人兄弟の長男で、弟や妹の面倒を見てきたんだった」

斎藤先輩の表情が明るくなった。

「はい。それにお子さんの保護者の方もご心配されているでしょうし、旧館ロビーに行ってきます」

「じゃあ俺はエントランスホールに戻る。何か困ったら連絡してくれ」

「わかりました」

心配そうにこちらを振りかえる斎藤先輩の姿が視界から消えるのを待ち、真樹は旧館へ

「頼んだぞ」

と急いだ。

もう少しすると、夕暮れの空は藍色《あいいろ》に塗り替えられるだろう。お腹が空《す》いてくる頃でもある。ひとりでいるお子さんが不安になる前に、ご家族の元に返してあげたい。

真樹はロビーをまっすぐに進み、クリーム色の壁にアンティークな飾り戸が並ぶ旧館の中へと入って行った。

＊＊＊

旧館は和室がメインのため、新館のようなゴージャスな雰囲気と違い、ロビー全体が落ち着いた和風テイストでまとめられている。

ダークブラウンの絨毯が敷き詰められたメインロビーは、中央に展示ケースが鎮座《ちんざ》している。飾られているのは兜《かぶと》と日本刀《にほんとう》で、常連だったお客様が寄贈してくれたものだと聞いていた。

そのガラスケースにぺたりとくっつくようにして、じっと見つめている男の子がいた。

（あの子が小西フロントマネージャーの言ってた子か……本当にひとりきりだ）

サラサラとしたプラチナブロンドの髪が煌めいて、抜けるように色が白い。白色のカーディガンにグリーン系のタータンチェックの半ズボンの服装が良く似合って、良家の子息のような雰囲気だ。真樹はそっと近づいて話しかけた。

「その展示している刀がお気に召されましたか？」

話しかけた途端、小さな肩が揺れて、男の子が驚いたようにこちらを振り返った。光りを反射して輝く赤色の瞳を大きく見開き、男児はじっと真樹を見つめている。真樹の方も、男児の赤い瞳に吸い込まれるように見入っていた。

（赤い瞳……？　外国人のお客様は多いけれど、こんな色の目をした人を見たのは初めてだ。それにこの子、すごく可愛い。本物の天使みたいだ）

白い肌に薔薇色の頬をした男児は、小さな手で展示ケースを指差した。

「このけん、かっこいいー」

飾られているのは、鞘《さや》を取った状態の日本刀で、刃身がライトを浴びて鈍い光を放ち、細い紐を巻いた柄《つか》や鍔《つば》には丁寧な細工が施されている。

「日本刀という種類です。気に入ってくださったようで、僕もうれしいです」

「にほんとー、もちたいっ」

「すみませんが、危ないので、お手に持ったりはできません」

男児はこぼれ落ちそうなほど大きな真紅の瞳を瞬かせ、真樹を見上げた。

「……どうしても、ダメ？」

「はい、申し訳ありません」

がっかりしたような表情で唇を噛みしめる男児に、思わずぎゅっと胸が締めつけられる。

（うわ、なんて可愛い顔をするんだ。でも展示ケースは開けてはいけない決まりだし、何より危ない。我慢してもらわないと）

男の子は日本刀と並べて展示してある兜に駆け寄った。

「かぶと、イギリスにもある。でもしゅこし、ちわう」

中世から近世にかけて、ヨーロッパでも様々な兜が作られてきたことは真樹も知っている。その兜と日本のものを比べているのだろうか。ずいぶん賢い子どもだと思いながら尋ねてみた。

「どういうところが違いますか？」

「いろと、かたち、それからにおいも」

「匂い？」

男児は展示ケースの中を見つめて呟いた。

「ちのにおいがちわう。にほんとーからも、たくさんのひとの、ちのにおいがしゅるよ」

「……え？」

ガラスケースは厳重に鍵がかかっている。真樹は鼻をくん、と動かしてみた。しかし、何の匂いもしない。

「におわない？　とくに、あしょこ」

男児が兜の吹返の部分にある、黒ずんだ血の跡を指差した。

「ええ……僕には何も匂わないです。あの、失礼しました。怖かったですね」

「こあい？　ううん、あのね、るーく、これかぶるー」

男の子が両手でガラスケースを開けようとするのを見て、真樹は慌てて制止する。

「申し訳ありませんが、展示品なので身に着けることは出来かねます。見るだけです」

「どちて？　かぶと、あぶないナイよ。かぶるー」

男児が小さな手でペチペチとガラスケースを叩きはじめた。

「あっ、壊れてしまいます。危険なので叩かないで……！」

古い展示ケースのガラスは薄く、もし割れたりしたらこの子が怪我をしてしまう。真樹はとっさに叫んで男の子の手をかばうように手を置いた。

「あっ」

ペシッと大きな音がして、小さな手が真樹の手の甲を叩いた。真樹は全然痛くなかったが、大きな音がしたせいで、男児の愛らしい顔が驚きに歪む。

「イタイちた？　……めんなたい」

男児は赤色の瞳を潤ませて、しゅんと肩を落としている。

「全然痛くありませんでした。でも、ガラスが割れたらお客様が怪我をしてしまいます。だからガラスを叩かないでくださいね」

「……ちんぱいしてくれたの？」

「もちろんです。怪我をしたら痛いので、どうかお気をつけください」

「……あい……」

男児は真樹を見上げると、金髪を揺らして小首を傾げ、にっこりと笑った。

「もしよろしければ、お部屋までお送りいたします。お部屋番号は覚えてらっしゃいますか？　ご家族のお名前がわかるとお調べできますが……」

「るーく、おにいしゃんといっちょに、ここにいゆ」

「……え？　ルークというのは、お客様のお名前ですか？」

「るーく・ういんざー、でしゅ」

ぺこりと頭を下げると男児の金髪が陽の光を浴びて輝き、真樹は目を細める。

「素敵なお名前ですね。ルーク様はおいくつになられますか」

「さんしゃい。おにいしゃんのなまえは？」

「雪永真樹、ベルボーイでございます。よろしくお願いします」

深い礼をする真樹を見上げて、足にしがみつくようにしてルークが抱きついてきた。

「ましゃき、ちゅきー」

「ルーク様？」

「るーく、ましゃきといっちょにいるっ。るーくって、よんで。おきゃくしゃま、ナイっ」

赤い瞳をきらきらと輝かせているルークを見ていると、愛らしくて思わず頷きそうになってしまい、慌てて首を横に振った。

「大変うれしいのですが……僕はベルボーイですので、お客様と親しくすることは出来かねます。申し訳ありません」

真樹の言葉に、ルークは驚いて大きく目を見開き、じきにぷっと頬を膨らませた。

「やっ、なの」

金髪を揺らせて首を横に振り、真っ直ぐに真紅の瞳を真樹に向ける。

「るーくって、よんで。おともらちなって」

「……ルーク様。おひとりでは危ないので、お部屋までお送りいたします。どなたとご宿泊になられてますか？」

じわりとルークの瞳が揺れ、口元がへの字に曲がる。

「やだもんっ、ここにいるんだもん」

唇を尖らせ、真樹をじっと見つめる。

「るーく、ましゃきと、なかよちになりたいの」

「ルーク様」

「さま、ナイなのっ、るーくってよんでー」

ルークの赤色の瞳が大きく潤んで今にも泣きそうなことに気づき、真樹の胸がぎゅっと締めつけられた。

こんな小さな子どもに、立場をわかってもらうのは難しいとやっと気づく。小さく息を吐いて、まっすぐにルークを見つめる。

「……わかりました。それではこれからはルークと呼ばさせてもらいますね。ルーク、このホテルには誰と泊まっているのですか？」

ぱぁっと輝くような笑顔になったルークが満面の笑みを浮かべて答えた。

「あのね、パパといっちょに、あっちのへやに、とまってゆの」

やはり新館のゲストのご家族のようだ。

「それでは一緒に新館に戻りましょう。きっとお父様も心配なさってますよ」

「んっ……パパ……ちんぱい……？」

急に、ルークが元気をなくしてうつむいた。

「どうかしましたか？」

「きっとパパ、おこってゆ……」

「どうして？」

「るーく、ひとりで、ここにきたから」

どうやら、黙って部屋を抜け出してきたようだ。

「それでは、お父様に心配をかけてごめんなさいと言いましょう。素直に謝れば、きっと許してくれると思います」

ほっと、ルークが安堵した笑みを浮かべた。

「……んっ、るーく、パパにごめっしゃい、しゅる」

思わず手を伸ばしてルークの頭を撫でると、さらさらとした金髪のやわらかな髪の感触が手のひらを刺激して、くすぐったい。

「ルーク様はしっかりなさってますね」

「あ、また。るーくってよんでー」

真樹が頷いて、ルークと顔を見合わせて笑った直後、鋭い声がロビーに響いた。

「ルーク！」

ルークと真樹が同時に振り返る。吹き抜けの窓から差し込む逆光ではっきりと表情はわからないが、長身で優美な男が通路に立っているのが見えた。

「パパ……」

ぽつりと呟いて、ルークが真樹の上着を引っ張り、後ろに隠れるように足にしがみつく。

「あの方がルークのお父様ですか。よかった、探しに来てくれたのですね……」

真樹の言葉に、ルークは項垂《うなだ》れたまま呟いた。

「きっとパパ、るーくのこと、おこってゆ。こあい……」

「大丈夫ですよ。心配をかけたことを謝れば、きっと許してくださるでしょう。僕も一緒に行きますから」

後ろに隠れるように足にしがみついているルークに苦笑しながら、真樹は父親の方を見た。

逆光の中をシルバーグレーのシングルスーツを隙なく着こなした男性が真っ直ぐこちらに歩いてくる。その姿を見て真樹は思わず息を呑んだ。

(すごい……彼がルークの父親？)

彼は驚異的に身長が高く、際立って華やかな容貌をしていた。百九十センチを超える長身、長い手足、均整の取れた美しい体躯に、真樹は呆然と見入ってしまう。

ルークのサラサラとしたプラチナブロンドよりも色合いが濃い、光沢《こうたく》のあるゴールデンブロンドの髪は緩やかなウェーブを描いて煌めき、長めの前髪からのぞく切れ長の瞳は宝石のようなエメラルドグリーンで、長いまつ毛にふちどられた瞳は吸い込まれそうに澄んでいる。すっきりとした輪郭《りんかく》、秀《ひい》でた額と高く形のよい鼻筋と、フェイスラインも完璧で、しかもとても若い。二十代なかばくらいに見えるし、全体的に貴族的で艶めいた気品が漂っている。

ゆっくりとこちらに歩み寄りながら、彼はルークを見て低い声で言った。

「ルーク、黙って部屋を出てはいけないと、何度も言っておいたはずだ。それなのに、どうしてひとりでこんな所にいる？」

しゅんとうつむいたルークの小さな手を握り、真樹は長身の男を見上げた。

「あの……僕が申し上げることではありませんが、悪いことをしたと反省してらっしゃいますので、あまり叱らないであげてくれますか」

その言葉に彼は一瞬驚いて視線を真樹に向けた。

「お前は……？」

端整な美貌に睨まれて、真樹の心臓がトクンと小さく跳ね上がる。

「ぼ、僕はこのホテルのベルボーイで、雪永真樹と申します……」

いきなりゴッと突風が吹き、思わず真樹は右手をかざして目を細める。その一瞬の隙に、ルークの父親が真樹の目の前に立っていた。

（うわ、いつの間に？）

彼はエメラルドグリーンの双眸で睨むようにこちらを見つめている。

「まさか、お前……ライアンの命《めい》でルークをさらいに来たのか？」

意味がわからず、動揺しながら一歩下がった真樹に、すかさず彼が手を伸ばす。次の瞬間、身体が金縛りにあったように固まり、身動きが取れなくなった。声も出ない。

（な、何……？）

それを見たルークが叫んだ。

「パパっ、ましゃきは、るーくのともらちなのー」

「友達？　この男に部屋から連れ出されたんじゃないのか？」

「ちわうの！　るーく、じぶんでへやからでたの。だから、ましゃき、わゆくないのー」

彼の視線がゆっくりとルークから真樹の方に向く。

「お前は……普通の人間、なのか……」

眉をしかめた彼の言葉に、真樹は小首を傾げた。

（どういう意味だろう……僕がルークを部屋から連れ出したと疑って、わざと意地悪なことを言ってるの？）

「ぼ、僕は普通の……に、人間ですが……」

「………」

無言のまま鋭く見つめる彼の眼差しに囚われたように、真樹も彼から視線を外すことができない。深緑色の瞳に見つめられて、真樹の胸の鼓動がさらに早くなっていく。彼も視線を逸らそうとせず、時が止まったように、無言のまま見つめ合っていた。

「パパ？　ましゃき？　どちたの……？」

金髪を揺らしてルークが尋ねた直後、ふいにルークの父親がぴくりと肩を揺らして視線を窓の方に向け、呟いた。

「……誰か、そこにいるのか……」

真樹がつられるようにして窓の外に視線を移すと、そこに人の姿はなく、周囲のビルと藍色の空が見えるだけだ。

ルークがタタタッと展示ケースの方に駆け出した。お気に入りの展示ケースの前で立ち止まると、振り返って小さな手を振る。

「パパ、みてっ、かっこいーでしょ……」

その直後、ピキッと小さな音が頭上で響いた。

ピリピリと空気が小刻みに震え出す。

「な、何?」

真樹がハッと吹き抜けの窓を見上げると、耳触りな金属音とともに窓ガラスにひびが入るのが見えた。窓の下にいるルークを見ると、何が起きているのか気づかず、展示ケースをじっと見つめたままだ。

「ルーク! 危ないっ」

真樹がルークの方へと走り出した瞬間、大きな破裂音とともに窓ガラスが砕けた。

ゴォッと風が入り込み、粉々に砕けたガラスが宙《ちゅう》を舞う。

惨事《さんじ》はそれだけではなかった。ルークのそばの展示ケースのガラスまでが、共鳴するようにピシリと嫌な音を響かせ、突如として砕け散った。

「ルーク!」

叫びながら真樹が駆け寄り、ルークを抱き締める。かばうように自分の身体を折り曲げて、ぎゅっと目を閉じた。もうすぐ雨のように鋭利なガラスの砕片が降り注ぐ。怪我だけではすまないかもしれないと覚悟して身体を強張らせた。

しかし、待っていても衝撃は訪れない。真樹は睨むようにゆっくりと目を開けた。不思議なことに時が止まったかのように周囲が静まり返っている。

「……っ」

恐る恐る上を向くと、視界いっぱいに鋭くとがったガラスの小片が、桜の花びらのようにゆっくりと舞い落ちるのが見えた。

（な、何……？）

思わず息を呑み、目を大きく見開いて周囲を見渡すと、ルークの父親がこちらに向けて右手を伸ばして立っているのが見えた。

目が合うと彼はびくっと肩を揺らし、次の瞬間、周囲に音が戻ってきた。

「うわっ……」

頭上からおびただしい数の砕片が落下し、降り注ぐガラス片からルークを守ろうと、真樹は抱き締めた腕に力を込めた。

「わ、あ……ましゃき……っ」

腕の中でルークが半泣きの声を上げる。

真樹は背中や頭にガラスの破片を浴びたが、途中まではゆっくりだったこともあり、頭皮や皮膚を切るような怪我には至らなかった。

ゆっくりと顔を上げた真樹は、周囲に大小さまざまな鋭いガラス片が散らばっているのを見て息を呑んだ。

「ル、ルーク……？　大丈夫……？」

かすれた声で尋ねると、腕の中の小さなやわらかな体がピクンと動いた。

「……ましゃき……」

「ルーク、無事だった……？　怪我は？」

「……んっ……るーく、だいどーぶよ……」

ルークの表情が強張り、眉がじわじわと下がって小さな唇を噛みしめている。

「どうしたの、ルーク」

真紅の瞳に涙を浮かべて、じっと真樹にしがみついているルークの背中を優しくさする。

「ましゃき、イタイちた？」

ルークの燃えるように赤い瞳が大きく揺れている。真樹は心配をかけないように笑顔で首を横に振った。

「ありがとう、僕は大丈夫だよ」

真樹が笑みを浮かべるのを見て、小さな手でぎゅっとしがみついていたルークの顔がくしゃっと歪んだ。

「……びっくり……ちた……っ……」

「ルーク？」

「ガラスが、パリンて……っ……こわかった……ひっく……ひっく……」

堪《こら》え切れなくなったルークが真樹にしがみついて泣き出した。赤い瞳から涙がぽろぽろとこぼれ落ちる。真樹は震える小さな背中を優しく撫でた。

身体を起こして抱き締めたいけれど、頭が朦朧《もうろう》として、身体が言うことを聞かない。

「ひっく、ひっく……ふえ……っ、ふえぇぇぇんっ、あぁぁぁんっ、わあぁぁぁんっ」

号泣するルークの泣き声がロビーに響いた。その声がさらに大きくなった時、新館の方から、小西フロントマネージャーが血相《けっそう》を変えて駆けてきた。

「おい、雪永、何の騒ぎ……わっ、何だ、この散乱したガラスは。早くその目障りな外国人のガキを黙らせろ。新館まで聞こえるだろうが！」

苛立った小西フロントマネージャーが怒鳴りながら、真樹と飛び散ったガラス片を交互に睨んでいる。真樹が窓ガラスを割ったと思ったようだ。

（どうして、窓ガラスばかりか、展示ケースのガラスまで割れたんだろう……？）

朦朧とする意識の中で、真樹は頭上の窓を指差し、かすれた声で答える。

「理由はわからないのですが、突然、窓ガラスが割れたんです」

「はぁ？　暴風が吹き荒れているわけでもないのに、どうしてあんな高いところの窓が割れるんだ？」

「理由はわかりません……あの、この子に怪我はありませんか……？」

「そのガキはピンピンしている。とっとと保護者のところへ連れて行け」

よかった、泣いているからどこか怪我でもしたのかと心配になったけれど、ルークは無事のようだ。

身体を起こそうとする。しかし、頭がぼんやりとして身体に力が入らない。壁に背をもたれさせ、大きく息をつく。

そうだ、ルークの父親は無事だろうかと思った時、小西フロントマネージャーの取り乱した声がロビーに響いた。

「なっ……アルベルト様？」

ゆっくりと顔を向けると、青ざめた表情の小西フロントマネージャーがルークの父親を見つめ、驚愕した表情で立ちすくんでいる。真樹は小首を傾げた。

（えっ、小西フロントマネージャーは、ルークのパパと知り合いなの？）

「しかし……予定よりも到着が……」

動揺している小西フロントマネージャーの声はかすれていた。ルークの父親……アルベルトは短く説明する。

「香港《ホンコン》での仕事が思ったより早く終わったので、プライベートジェットで来た」

「で、では……このガキ、いえ、お子様は、CEOの……？」

口をあんぐりと開けた彼の方を向いて、アルベルトは冷たい口調で答える。

「そうだ。この子は俺の息子のルークだ」

その言葉に、真樹は眉根を寄せた。

（今、なんて……？　ルークのパパが、ホテル・ウィンザーのCEO？）

そう言えば、ルークは自分の名前を『ルーク・ウィンザー』と言っていた。それにCEOは英国人だけど驚くほど流暢《りゅうちょう》な日本語を話し、ハリウッドスターのような華やかな外見をしていると、斎藤先輩が教えてくれた。

（まさか……本当に？）

世界的なホテル王ということで、CEOは孫がいるくらいの年齢だと思い込んでいた真樹は、両目を見開いて彼を見た。

（そうか……普通の人とは違うような気がしていたけれど、世界中に支店を持つホテル・ウィンザーのCEOだったのか）

呆然と彼を見つめる真樹を一瞥《いちべつ》して、小西フロントマネージャーが媚《こ》びるように言った。

「申し訳ありません、アルベルト様。ルーク坊ちゃまを危険な目に遭わせてしまいまして。いえ、すべてはこの新人のベルボーイがしでかしたことでして……」

「……何だと？」

アルベルトの肩がピクリと揺れ、その白皙《はくせき》が怒りの色を帯びるのを目《ま》の当たりにした真樹は思わず息を呑む。

「お前は……ルークを……」

美貌を強張らせたまま、ルークの父親でホテル・ウィンザーのＣＥＯでもあるアルベルト・ウィンザーがゆっくりと真樹に近づいてくる。

「い、いいえ……違います。ぼ、僕は……」

彼の鋭い深緑色の双眸に睨まれて、真樹の心臓が大きく跳ね上がる。その直後、ルークが真樹をかばうように父親の足にしがみついた。

「パパ、ちわうの。ましゃきは……」

「ルーク、俺が直接話をする。そっちの隅の危なくない場所で座っていろ」

「……っ」

怖い顔をした父親の言葉に、ルークはしゅんと肩を落として、とぼとぼと真樹から離れる。言われた通り、ガラス片が落ちていない隅っこの壁に背を預けて、カーペットの上にちょこんと座った。

「さて……」

大きな歩幅で歩み寄ったアルベルトが目線を合わせるようにして、真樹の顔を覗き込んだ。視線が絡み合った途端、真樹の全身に緊張が走った。

「……雪永真樹だったな」

小さく頷くと、アルベルトは黙ったまま、右手をこちらに伸ばした。思わず真樹の肩が大きく波打つ。

(お、怒っている……？　な、殴られる……っ)

身体が強張《こわば》り、真樹は目をぎゅっと閉じた。

息を止めて奥歯を食いしばっていると、心臓がドクドクと嫌な音を立てて速まった。

しかし、待っていても、覚悟していた痛みが訪れないことに気づき、小さく息を吐く。

「……あ……の……？」

訝しむようにゆっくりと目を開けると、自分をまっすぐに見つめている深緑色の双眸が目の前にあった。

彼の手が真樹の頬に触れる。

「痛くはなかったか？」

「……えっ」

思いがけない言葉に、真樹は限界まで目を見開き、穏やかな瞳でじっとこちらを見つめているアルベルトを見つめ返した。

「頬に怪我をしている」

心配そうに真樹の頬を撫でながら、彼は小さく息をつき、低い声で尋ねた。

「他に痛むところはないか？」

「は、はい……大丈夫です」

「ルークを助けてくれて、ありがとう」

「……え？」

「お前がとっさにルークをかばってくれなければ、あの子はどうなっていたか……細くて華奢な身体をしているのに、お前の勇気はすごかった。でも、代わりにお前が怪我をしてしまった。すまない」

アルベルトは痛ましげに眉をひそめ、真樹を見つめて申し訳なさそうに頭を下げた。

心からの謝罪に、真樹は目を見張る。

「いいえ、大丈夫ですから……お願いです。頭を上げてください。それにＣＥＯが一《いち》従業員に謝罪なんて……」

「そんなことは関係ない。息子を助けてもらい、代わりに怪我をさせたのだから、謝るのは当然のことだ」

真摯な眼差しを見上げて、真樹の胸に安堵が広がる。

（よかった……この人、本当にルークのことを大切に思っているんだ）

こちらを見ていた小西フロントマネージャーが呆《あき》れたような声を上げた。

「アルベルト様？　こやつは新人のベルボーイでございまして、ルーク坊ちゃまを危険な目に遭わせた張本人でございます」

「フロントマネージャー、それは違う」

「は、はい？」

腰巾着《こしぎんちゃく》のように媚びへつらう小西フロントマネージャーは、アルベルトから鋭い視線を向けられて、びくりと肩を揺らした。

「彼が助けてくれなければ、ルークは大怪我をしていた。息子の命の恩人だ」

鋭い眼差しと言葉に小西フロントマネージャーは一瞬、うっと言葉に詰まった。

「さ、さようでございますか。自分はただルーク坊ちゃまのことが心配で」

「心配？　目障りな外国人のガキ、と散々《さんざん》言ってたのに？」

先ほどのやり取りを聞かれていたことを知り、小西フロントマネージャーの顔色が一気に青ざめた。

「も、申し訳ございません……」

何も言えずに項垂れる小西フロントマネージャーに、アルベルトは鋭く言った。

「それより、ロビーにガラス片が散乱している。すぐにすべての破片を撤去して窓を塞《ふさ》ぐように指示を出してくれ」

「か、かしこまりました」

小西フロントマネージャーは慌ててフロントスタッフに散ったガラス片の片づけを命じ、人手を集めるために新館のフロントへと駆けて行く。

ふいに真樹の目の前に手が差し出された。

「立てるか？　掴まれ」

アルベルトの大きな手に掴まり、ゆっくりと引き上げられる。彼の手は驚くほど冷たい。

「あ、ありがとうございます……」

緊張しながら立ち上がり、近くで見るアルベルトの美貌に思わず見惚れていると、彼の深緑色の目がじわりと細くなった。

「頬の他に、どこか痛むところはないか？」

「はい、大丈夫です」

頷いた真樹の頬を、ふわりとアルベルトが両手で優しく包み込んだ。額と額がくっつくほど顔を近づけてくる。

「あ、あのっ……？」

間近で宝石のような彼の瞳に見つめられて、真樹はぎゅっと唇を噛みしめた。胸の鼓動が早鐘を打ちつけ、息苦しくなってしまう。

「雪永、真樹……」

「は、はい」

アルベルトに名前を呼ばれ、焦点が合わないほど近くで見つめられた瞬間、顔だけでなく全身までもが火を点けられたように熱くなる。

「あ……っ」

頬の傷口に彼の唇が触れる感触が落ちてビクンと身体を揺らした。

自分が何をされているのか理解できず、呼吸を止めて身体を強張らせる。

（なっ、何？）

彼の熱い舌が傷口を優しく舐め上げていることに気づき、真樹は唖然となった。

（きっ、傷口を……なっ、舐められている？）

頭の中が真っ白になり、背中を汗が伝い落ちる。

「ぼっ、僕は……っ、あのっ、きっ、傷はもう、だっ、大丈夫ですので……っ」

真っ赤になって身じろぐと、ゆっくりと傷口から唇を離したアルベルトの美貌に、穏やかな微笑みが浮かんだ。

「お前と目が合った直後、念力が緩んだのは俺のミスだ。なぜ集中力が途切れたのか、今から思い返しても不思議だが……」

「え、あの……念力って？」

真樹が訊くと、アルベルトは罰が悪そうに視線を逸らせ、小さく呟いた。

「……とにかく無茶をするな」

「はい、ＣＥＯ、いろいろとありがとうございました」

真樹が頭を下げると、彼は首を横に振った。

「礼を言うのはこちらのほうだ。ルークを助けてくれてありがとう。お前は強い人間だ」

優しく微笑むアルベルトを見て、胸の中がじわりと熱くなり、真樹はぎこちなく笑顔を返す。

「それから、俺のことをＣＥＯと呼ばないでくれ」

ＣＥＯという役職名で呼ばれるのが嫌なのだと理解した真樹は頭を下げた。

「し、失礼しました。それではミスター・ウィンザーとお呼びいたします」

「……」

彼が黙っているので、どうしたのだろうと思い、真樹は顔を上げて彼を見た。彼もこち

らを見ていたので、沈黙の中で目と目が合ってしまう。

深緑色の目の中に自分が映っているのを見た途端、全身に電流が流れたような感覚が走り、真樹の心臓が早鐘を打つ。

（ど、どうして、僕は……彼と目が合うたびに、こんなにドキドキするんだろう……）

絡み合った視線を外せずに受け止めていると、アルベルトが低い声で囁いた。

「俺の名はアルベルトだ。今後は俺のことを呼び捨てにしてくれ」

真樹は驚愕しながら、急いで首を横に振る。

「そ、そんな……僕は一従業員ですので、呼び捨てになどできません」

「俺もお前を真樹と呼ぶ。だからアルベルトと呼んでくれ、いいな」

（あ……この人、ルークと同じことを言ってる。やっぱり親子だから似ているのかな）

そんなことを思っていると、つい吹き出してしまいそうになり、あわてて顔を伏せる真樹を見て、彼はすっと柳眉《りゅうび》をひそめた。

「これはＣＥＯとしての命令だ。俺のことは下の名前で呼べ」

白皙の美貌からは想像もつかない物言いに、真樹は我慢できずに肩を小刻みに震わせて笑い出した。

「俺のことを笑ったな？」

アルベルトが眉根を寄せた。

「す、すみません……だっ、だって……っ、ふふっ……あはっ」

うっすらと涙を浮かべ、お腹を押さえて笑う真樹を見て、アルベルトは深緑色の瞳を細めた。じっと見られていることに気づいて、真樹はハッとして謝罪する。

「笑いすぎました。本当にすみません」

「いや、お前が謝ることはない。確かに子どものような物言いだった。これではあいつとそう変わらない」

「え……？」

あいつというのが誰のことなのか、見当もつかない。真樹が小首を傾げると、アルベルトは寂しそうな表情を浮かべた。

「真樹……お前の笑った顔は、あいつによく似ている。親友だったのに、俺の話を信じられずにあいつは……」

意味がわからず、ぽかんと口を開いたまま固まる真樹を見て、アルベルトは前髪を掻き上げながら視線を泳がせた。

「……俺は一体、何を言ってるんだ。すまない、気にしないでくれ」

動揺しているアルベルトを見て、真樹の胸がじわじわと締めつけられる。

……もしかしたら、彼は親友と仲違いをしたのかもしれない。

そして、自分がその人に似ているから、名前で呼んで欲しいと駄々《だだ》をこねているのかも……。

そう理解した真樹は、小さく頷いて彼を見た。

「わかりました。それでは遠慮なく、呼び捨てにさせていただきます」

そう言った途端、ぱっとアルベルトの表情が明るくなった。

「よかった。それでは早速だが、この場で呼んでみてくれ」

「ええっ？」

真剣な眼差しで命じられて、真樹は目を丸くする。

「アルベルトだ、真樹」

「は、はい……」

居心地が悪そうに視線を泳がせた真樹は、アルベルトに真っ直ぐに見つめられて、観念したように大きく息を吸う。そして緊張しながらも思い切って彼の名を呼んだ。

「……ア、アアア、アルベルト……さん……」

自分でも情けないくらい声が震えていた。顔だけでなく耳まで熱い。

「呼び捨てにしてくれ。もう一度だ」

背中を冷たい汗が伝い落ち、ぐっと両手を握りしめて彼の名を呼ぶ。

「ア、アルベルト……」

「そうだ。これからずっと、そう呼んでくれ」

「え……?」

端整な顔で小さく笑うアルベルトが、真樹の後頭部に手を回した。そのまま顔を近づけてくる。

「……っ」

額にやわらかな感触が触れ、真樹は驚愕に目を見開いた。

(おっ、おでこに……キッ、キス……?　なっ、何で……?)

アルベルトは一度額から唇を離すと、真樹の漆黒の瞳の中を覗き込むようにして見つめる。

呆然となっている真樹を見て妖艶《ようえん》な笑みを浮かべると、彼が再び顔を近づけた。

「あ……」

「動かないでくれ」

真樹の両方の瞼に順番にキスを落としたアルベルトが、頬の傷口に唇を這わせ、念入りに舌で舐め上げる。

「あっ……あのっ……お待ちくださ……っ」

人形のようにされるままになっていた真樹がハッと我に返ると、アルベルトは唇を離して再び真樹を見た。

「ルークを助けてくれたことへの感謝の気持ちだ」

(イ、イギリスでは、キスは挨拶なのでしょうけれど、に、日本では……)

クラクラと眩暈がして、真樹は身をよじりながらそっと後ずさる。

「真樹、恋人はいるのか?」

いきなり真摯な眼差しでプライベートなことを訊かれて、驚くと同時に顔が火照る。

真樹は男女を問わず友人は多いが、恋人はいない。今まで男女を問わず告白されたことは多々あったが付き合ったことはなく、就職してからは仕事が恋人という状態だ。

「いっ、いいえ……恋人はいません……」

「なぜだ?」

どう答えたらいいのかわからず、拳を開いたり握りしめたりしながら思案していた真樹は、思いついた答えを小さな声で答える。

「ぼ、僕は……あまりモテないので……」

「そんなことはないだろう。お前はとても美しい」

アルベルトが真面目な表情で言い切るのを見て、真樹は顔から火を噴きそうになる。

「いっ、いいえ……」

「お前は自分の魅力がわかってない。謙遜《けんそん》は日本人の美徳だが、お前はもっと自信を持った方がいいだろう。おそらくスタッフの中にもお前に惹かれている人間は多いはずだ」

目の前にいる超絶美形な彼から『美しい』と褒められると、羞恥で全身の血が沸騰しそうになってしまう。

「そ、そんなことはありません……」

「また謙遜する。まったくお前は」

耳まで真っ赤になって動揺している真樹を見て、アルベルトの唇がゆっくりと曲線を描き、目の前の美貌に穏やかな微笑みが浮かぶ。その優艶な微笑みを見た途端、真樹の心臓が壊れたように早鐘を打ちつけた。

唇を噛みしめていると、すっと彼の手が伸びてきて、真樹は弾かれたように顔を上げる。

「アルベルト……？」

無言のまま手のひらで黒髪を優しく撫でられて、真樹の心臓が口から飛び出しそうに暴れ出す。

（お、男同士なのに、どうしてこんなにドキドキするんだろう。おかしい……）

アルベルトの指が真樹のうなじに触れた直後、全身に電流が流れるような衝撃が走った。彼がゆっくりと顔を近づけた次の瞬間、ルークの可愛い声が響いた。

「パパ、ましゃき、みてー。るーく、かっこいい？」

真樹はハッと我に返り、アルベルトも肩を揺らして振り返り、ルークを見つめる。

展示ケースのガラスが割れて、剥《む》き出しになっていた展示品の兜をかぶったルークが、ご機嫌で踊っていた。

大人用のサイズなので、大きすぎてルークの視界が遮《さえぎ》られ、危なっかしい。ふっとアルベルトが笑って、優しく声をかける。

「……ルーク、兜を脱いでこっちへおいで。真樹にもう一度お礼を言おう」

アルベルトに言われると、ルークはすぐに兜を脱いで、てててっとそばに駆け寄ってきた。

「たしゅけてくれて、ありまと、ましゃき」

ぺこりと頭を下げるルークを見つめて、真樹はほっと安堵する。

「ルーク……無事で本当によかった」

「ましゃき、しゅきー」

ぎゅっと抱きついてきたルークの髪を撫でる。愛《いと》しさが込み上げて小さな身体を抱き返した。

「僕もルークのこと、大好きだよ」

「ほんと？　ましゃき、チューちて。パパとちてたみたいに、るーくにもチュー」

「え？　あ……えっと……」

見られていたことに呆然となりながら、キスに慣れていない真樹は、相手が三歳児でも照れが先立ち、動転してしまう。

「じゃあ、るーくから、チューちてあげゆー」

ルークがマシュマロのような唇でチュッと真樹の頬にキスをした。その直後、ロビーからバタバタと複数の足音が聞こえてくる。

その中から、一人の男がものすごい勢いで飛び出し、駆け寄ってきた。

「アルベルト様、ルーク様……おぉ、いらっしゃった！」

ダークブラウンの髪をオールバックにして後ろに撫でつけ、チャコールグレーのシングルスーツに身を包んでいる男がルークを見てほっと表情を緩ませた。

「ルーク様っ、ご無事でしたかっ」

「ハスラー、ちんぱいかけて、めんなたい……」

二十代半ばくらいの西洋風な顔立ちをした男、ハスラーがガバッとルークを抱きしめる。

「よ、よかった。悪い奴にさらわれたのかと心配しておりました。ご無事で何よりでございます。ああ、ルーク様はいつ見てもなんとお可愛らしいことか。このやわらかな頬、ぷにゅぷにゅのお身体、ああ、ルーク様っ」

ルークに頬ずりしながら、むぎゅっと力一杯抱きしめているハスラーに、アルベルトが声をかける。

「ハスラー、そんなに強く抱きしめると、ルークが痛い」

ハッと我に返ったハスラーが慌ててルークを抱きしめていた腕を緩めた。

「な、なんと……ルーク様、大変失礼いたしました。痛かったでしょうか?」

「んっ、ちゅこし。でもだいどーぶ」

「おおっ、ルーク様は可愛らしい上に大変お優しい。ああああっ、ルーク様……」

さきほどよりも強い力でぎゅうとルークを抱きしめるハスラーに、アルベルトは小さく嘆息《たんそく》する。

「落ち着け、ハスラー。彼がルークを救ってくれた。ベルボーイの真樹だ」

「あっ、え? ルーク様を……?」

ハスラーは明るいブラウンの瞳を細めて真樹を見つめた。パチパチと目を瞬かせている。

アルベルトが真樹に声をかけた。

「真樹、この男は執事のハスラーだ」

「ど、どうも……よろしくお願いします」

ハスラーは大きく目を見開いて真樹を見つめると、感嘆した声を出した。

「おおっ……！　ルーク様を助けてくださり、ありがとうございます。私は執事のハスラーと申します」

アルベルトほど背は高くないが、それでも彼は百八十センチ近くある。その長身を二つに折って深々と頭を下げるハスラーに、真樹は慌てて首を横に振る。

「いいえ、そんな……僕は雪永真樹です。このホテルで働いています」

アルベルトが優しい微笑みを浮かべて、ハスラーに説明を加える。

「真樹がいなければ、ルークの上にガラスの雨が降っていたところだ。お前に見せたかった。真樹は勇敢にルークを守ってくれた」

「なんと、まあ……！　本当に真樹さんはルーク様の命の恩人でいらっしゃるのですね！　日本人形のように愛らしい外見からは想像もつきませんが、そのように勇敢でいらっしゃるとは！」

「そうだ。俺も真樹の勇気には本当に驚いた」

「……そ、そんなことは、ないですから……」

大げさなくらい褒められ、羞恥《しゅうち》と困惑で真っ赤になる真樹を見て、アルベルトが穏やかな声音で言った。

「謙遜しなくていい。お前は本当に素晴らしい」

熱っぽい眼差しで真樹を見つめたアルベルトが、視線をハスラーの後ろの方に移した。

「真樹、彼女たちは、日本にいる間のルークのベビーシッターだ」

まだ二十代前半くらいの若い日本人女性が二人、おずおずと控《ひか》えている。

「も、申し訳ありません。私達が目を離した隙に、ルーク様が部屋からいなくなってしまって……」

若い女性二人が恐縮しながら深々と頭を下げた。

「その通りですぞ。ルーク様をお守りするために雇ったベビーシッターだというのに、二人とも目を離すなど言語道断でございます。私は心臓が止まるかと……」

怒り心頭《しんとう》のハスラーに叱られている若い女性二人を見て、ルークが小さな声を出す。

「おねえしゃんたちを、おこらなーで。だまってへやをでて……めんなたいね」

しょんぼりとしたルークの肩にアルベルトがそっと手を載せた。

「ルーク、部屋に戻ってお風呂に入ろう。ガラスの破片が髪の中に残っているかもしれない。真樹も一緒に来てくれ」

「……ぼ、僕もですか……？」

「お前は怪我をしている」

　じっとエメラルドグリーンの瞳に見つめられ、頬が熱くなる。

「お、お優しい心遣いをありがとうございます。でも僕は大丈夫です。スタッフ用の医療室もありますし、わざわざＣＥＯのお手を煩《わずら》わせなくても……」

　一従業員の自分がホテル・ウィンザーグループのトップに手当をしてもらうなど考えられない。

　むっとした表情でアルベルトが言い返した。

「アルベルトと呼んでくれ、真樹。いいか、お前は息子の恩人なんだ。俺が手当をしたい」

「ど、どこも何ともありませんので……うわっ」

　言い終わる前に、アルベルトが素早く真樹の腕を掴んで引き寄せていた。ふわりと身体が浮かび、真樹は慌てて彼にしがみつく。あっという間に花嫁のように横抱きにされてしまい、真樹は目を見張る。

「あのっ、ＣＥＯ……っ、ちょ、ちょっとお待ちくだ……」

　狼狽《うろた》えている真樹を見下ろして、アルベルトが不機嫌な表情になる。

「ア・ル・ベ・ル・ト・だ！　いいからじっとしていろ」

「お、お待ちください。傷は頬に少しだけですし、もう血も止まってます。ひ、ひとりで歩けますので……。そ、それに今、お風呂がどうとかおっしゃっていたようですが、僕は自分の部屋でっ……」

真樹は耳まで真っ赤に染めて身を捩《よじ》るが、アルベルトは気に留めずに軽々と真樹を抱いたままさっさと歩き出し、思い出したように振り返った。

「ハスラー、ベビーシッターの二人とルークを頼む」

アルベルトの鋭い声に、ハスラーが深く頷いた。

「承知いたしました」

ハスラー達が頭を下げる中、アルベルトは真樹を抱いているとは思えない足取りでエレベーターへと向かう。

「あ、あの……」

真樹は彼の腕から逃れようとするが、アルベルトはきつく真樹を抱きしめたまま放そうとしない。

ボタンを押すとすぐに扉が開き、真樹を抱いたアルベルトが乗り込むと、静かに扉が閉まって最上階へと上がっていく。

やがて真樹は小さく息を吐き、彼の腕から逃れることを諦め、そっと脱力した。

ホテル・ウィンザーはエレベーターの中も重厚な作りになっており、シャンデリアがその幻想的な雰囲気を際立《きわだ》たせながら、アルベルトの彫刻のように整った顔立ちを照らしている。

(わ……間近で見ても、すごくきれいだ……)

目の前のアルベルトの美貌に見惚れていると、彼は低い声で言った。

「俺は最上階のスイートに宿泊中だ。執務室も兼ねている」

「そ、そうですか……」

最上階のスイートルームは、広い二部屋が中でつながったコネクトルームで、このホテルで最も広く豪華な部屋だ。

「真樹、お前は……いや、何でもない」

ふいにアルベルトが口をつぐんだ。

エレベーターという密室の中で沈黙が広がり、真樹は気になっていたことを話題にしてみた。

「あ、あの、お、奥様は、お部屋にいらっしゃるのですか？」

アルベルトは眉根を寄せた。

「誰のだ？」

「も、もちろん、CEO……じゃなくて、ア、アルベルトの……。ルークと一緒に、奥様もご一緒に日本に来られてるんですよね……？」

「妻はいない」

「えっ、でも、けっ、結婚されてますよね……？」

（ぼ、僕は一体何を訊いているんだろう）

こんなプライベートなことを訊くつもりはなかったのに、思考する前に思ったことが口から勝手に出てしまった。

アルベルトは一瞬、虚《きょ》をつかれた表情になり、じきに柳眉をひそめた。

「なぜ、そんなことを訊くんだ？」

「……でっ、ですよね。す、すみません……」

一従業員の立場を忘れてしまったことを謝罪しうつむいた真樹の耳に、アルベルトの落ち着いた声が聞こえた。

「俺は、一度も結婚したことはない」

弾かれたように顔を上げると、彼は真剣な表情で真樹を見つめている。

「えっ？　で、でも、ルークが……」

アルベルトは小さく首を横に振った。

「ルークは甥《おい》っ子だ。少し理由があって、俺の養子にした」

思ってもみなかった言葉に、真樹は少しの間呆然となり、口を開けたまま彼を見つめていた。

「……ほっ、本当に……？　でも二人とも金髪だし、口調とか似てるところがあるし、パパと呼んでいるから……」

「ルークにはまだ何も知らせてない。だから俺のことを本当の父親だと思っている。それに血が繋がった甥っ子だから似ているんだろう」

「そ、そうだったのですか……」

(アルベルトは独身なんだ……)

胸の奥がじわりと熱くなり、真樹はそっと胸に手を当てた。

自分でも驚くほど嬉しい気持ちが胸の中に広がっている。まるでそんな真樹の心の中を読んだように、さらりとアルベルトが尋ねた。

「お前が気になっているのはルークのことか？　それとも……俺のことか？」

「なっ……あ、あの……っ」

耳まで朱色に染めて狼狽《ろうばい》する真樹を見て、アルベルトが小さく笑った。

その直後、短い電子音が響き、エレベーターが最上階に着いたことを知らせた。

ドアがゆるやかに左右に開いた瞬間、アルベルトが息を呑んだ。

――エレベーターホールの壁に背を預けて、一人の男が立っていた。

＊　＊　＊

その男は、彫りが深い顔立ちに、がっしりとした逞しい体躯をして、ウェーブのかかった漆黒の髪に黒色のシャツ、黒色のスラックスを穿いて立っていた。

全身真っ黒という装《よそお》いの中で、男の赤色の眼が鋭い光を放ち、射抜くようにこちらを見ている。長身のアルベルトよりさらに背が高く、二メートル近くあり、その男を見た途端、アルベルトが動きを止めて美貌を強張らせた。

男は真樹を抱いたままのアルベルトを見てニヤリと笑った。

「見ぃつけた！　まったく、手間を取らせんじゃねぇよ、ボケが！」

一瞬にして、場の空気が変わる。男から感じるのは明確な嘲りと怒気だ。

（な、何……、この人）

男が真樹を見た。赤色の瞳に鋭く睨まれて、真樹はビクンと肩を揺らす。

「あぁ？　聞いてねぇ……聞いてねぇぞ！　誰だよ、そいつは！」

地を這うような唸り声を出すライアンを見据えながら、アルベルトは真樹を抱く腕に力を込めながら答える。

「……このホテルのスタッフだ。何の関係もない。だから手を出すな」

「ずいぶん大切に抱きしめているのに、関係ねぇことはねーだろうが」

真紅の瞳を細めて値踏みするように真樹を見ているライアンに、アルベルトは低い声で問い返す。

「……ライアン、窓ガラスを割ったのはお前か？　展示ケースまで……わかっているのか。もう少しでルークが怪我をするところだったんだぞ」

「はぁ？　何のことだ？」

不機嫌そうに首を傾げるライアンに、アルベルトはくっと奥歯を噛みしめ、苛立った声を出した。

「ルークを傷つけたら許さないと言っておいたはずだ！」

ライアンの瞳が、燃えるように赤さを増していく。

「うるせぇ！　俺がルークを傷つけるわけがねぇだろ！　お前はいつも俺の話を聞かねぇ！　バカ、バカ、バーカ！　アルベルトの大バカ野郎っ！」

ゴォン！　と鈍い音がホールに響いた。ライアンが壁を片手で叩いた音だ。その部分の壁がへこみ、パラパラと壁砂が落ちる。

「まあいい。俺もできればルークを危険な目に遭わせたくないと思っていた。お前が抱いているその人間をルークの代わりに人質にして、少数派の交渉に使うというのは我ながら名案だな」

ライアンが顔を歪めるようにして笑った。アルベルトの表情が変わり、真樹を抱き上げている腕に力が入る。

「あの……人質って？」

真樹は意味がわからず、動揺しながらかすれた声で尋ねた。

「くくっ……女みたいにきれいな兄ちゃんだな。人間との協調派が権勢を振るっているから、俺たち少数派は人質をとって交渉するしかねぇんだよ」

「え……？」

「お前、アルベルトから何も聞いてねーのか」

表情を険しくするアルベルトを見て、ライアンが肩を震わせて笑い出した。その瞳が驚くほど真紅に煌めいている。

「あ……ルークと同じ赤色の瞳だ」

思わず呟くと、ライアンは真樹を鋭く睨んだ。

「ほう、ルークを知っているのか。お前の名前は？　ルークとはどういう関係なんだ？」

「ぼっ、僕は……雪永真樹といいます。えっと、ルークとは友達です」

ライアンの顔が引き攣った。

「お友達だあ？　ははっ、こいつ本当のバカだな。たかが人間のくせに対等な口を利くんじゃねぇよ、バァーカ」

あからさまな侮辱《ぶじょく》に、おっとりしている真樹もさすがにムッとする。その勢いを借りて、かすれた声で尋ねる。

「ラ、ライアン……さんは……ど、どうして……ガラスを割ったり、ルークを狙ったりするんですか……っ」

ライアンは苦虫《にがむし》を噛んだように顔をしかめた。

「あー？　どうせ記憶を消去されるお前に、いちいち説明するのは面倒くせぇ。黙ってろ」

苛立ちながら頭をガリガリと掻くライアンを見て、アルベルトが低くつぶやいた。

「……もうその話は終わったはずだ、ライアン。俺は協調派のリーダーとして、人間との共存をこれからも望み続ける。いくら人質をとっても、考えを変えるつもりも、交渉に応じるつもりもない。お前の方こそいつまで追放者のままでいるつもりだ？　今のお前をサミュエルが見たら何と……」

　いきなり、ライアンの目が赤く光り全身から憤怒《ふんぬ》のオーラが湧き上がった。

「てめぇがサミュエルの名を口にするんじゃねぇよ！　今度言ったら首を切り落とすぞ！」

　野太い叫び声が耳朶を打つと同時に、ライアンが壁を蹴り上げた。轟音とともに壁が崩れ落ち、大きな穴が開くのを見て、真樹は息を呑む。

「止めろ、ライアン。俺はお前が早く追放を解いてもらえるようにと……」

「うるせぇ！　俺は絶対に協調派の奴らに頭を下げたりしねぇからな！」

　ライアンが真樹に向かって右手を伸ばした直後、空気がビリビリと震える。

「その人間をもらうぞ、アルベルト！」

「いい加減にしろ！　お前には指一本、真樹に触れさせはしない！　諦めて立ち去れ、ライアン！」

　二人を包む空気が怒気を帯び、大型の肉食獣のようなオーラを発しながら睨みあっている。

「ア、アルベルト……」

　思わず真樹がアルベルトを見上げると、彼は安心させるように小さく微笑んだ。

「大丈夫だ、真樹。しっかりつかまっていろ」

アルベルトは真樹を抱いたままホールの窓に近づき、窓枠へ足をかけた。

「ちっ！　逃がすわけがねぇだろうが！」

舌打ちと同時に、ライアンが床を蹴るのを視界の端でとらえた。アルベルトが真樹に囁いた。

「ここから飛び降りる。目を閉じていろ」

その言葉に真樹は目を剥いた。

「なっ……、こっ、ここは最上階の三十二階ですよ？　おっ、落ちたら間違いなく……」

「大丈夫だ。俺を信じろ」

きっぱりと言い切ったアルベルトが真樹を抱いたまま窓枠に立ち上がる。ふわりと生あたたかい夜風が、真樹の頬を優しく撫でた。

漆黒の夜空に三日月《みかづき》のやわらかな光がにじむように浮かび、下を向くと、オフィス街の高層ビル群が模型のように小さく見える。

「あ、アルベルト、考え直して……」

「振り落とされるな。俺にしっかりつかまっていろ」

（言い出したら聞かない頑固《がんこ》なところも、ルークとよく似ている……）

真樹はアルベルトの首に両手を回してしがみつく。彼は真樹を抱いたまま、窓枠を片足で蹴ると、三十二階の窓から勢いよく飛び降りた。

「う、わあああああああ……っ！」

重力を感じながら、凄まじいスピードで落下していく。

（し、死んじゃう……！　お父さん、お母さん、お祖父ちゃん……サヤカ、麻衣《まい》、徹《とおる》……みんな、僕の分まで幸せになって……）

奥歯を噛みしめ、ぎゅっと目をつむる。ふいに真樹は、落下速度が緩やかになっていることに気づいた。

（あ……？）

衝撃に備えていると、予想していなかったふわりと身体が浮かび上がる感覚に包まれて、恐る恐る目を開けた。

目の前に広がるのは見慣れたホテル・ウィンザー周辺の道路で、上を向くと夜空にぽんやりと浮かぶ三日月が遠くに見える。

「ここは……？」

「ホテル・ウィンザー前の道路だ」

「さ、三十二階から落ちたの？　でも僕たち骨折も怪我もしてない……着地の衝撃もなかったし……」

動揺する真樹の後方で、ドォォンッと大きな音が聞こえ、土煙《つちぼこり》が上がった。アルベルトが眉をしかめる。

「しつこい男だ」

「あのっ、あの男……ライアンの目的は何ですか？　まさか、ルークがホテル・ウィンザーグループCEOの息子だと知って誘拐しようと……？」

「いや、そうじゃない。ライアンは……」

ゴッ！　と強風が吹き、大気が震えた。

「逃がさねぇと言ってるだろうが！」

いきなり距離を詰めたライアンが目の前に現れ、真樹は悲鳴を上げた。

「……うっ、わあ……！」

「止めろ！　真樹に手を出すな！」

月明かりを浴びて煌めくアルベルトの金髪が夜風にさらりと踊った。怒りをあらわにした彼の深緑色の瞳が射抜くようにライアンを睨《ね》めつける。

「へぇ、お前にお気に入りの人間ができるとは驚いたぜ。目の前でいたぶってやったら、そのサイボーグのような美貌が驚愕に歪むところが拝《おが》めるかもしれねぇな」

「……ライアン、いい加減にしろ。真樹は関係ない。危害を加えるな！」

感情を抑えた声で低く呟きながら、アルベルトはライアンに向けて右手を真っ直ぐに前に伸ばした。空間を裂くような音とともに、爪が指先から一瞬のうちに生き物のように伸び、ライアンの首元へと絡みつく。

ヒュッ！　ヒュッ……！　空《くう》を切る音が聞こえ、瞬時にライアンが後ろへ飛び退いた。

「マジかよ。いくら記憶を消すにしても、人間の前であからさまに能力を使うなんて、慎重なお前らしくないいんじゃねぇの？」

「……」

「なんだか妬《や》けるぜ。いいことを考えたぜ、アルベルト。お前の目の前で、このお気に入りを八つ裂きにしてやろうか？　久しぶりにお前の顔が苦痛に歪むところが見れそうだ」

（い、今、僕を殺すと言ったの？）

ライアンの言葉に真樹は瞠目し、背中を冷たい汗が滴《したた》り落ちる。

「いい加減にしろ、ライアン。理由もなく人間を殺すのは掟《おきて》に反することだ」

アルベルトの言葉に、くっくっと喉を鳴らして笑いながら、ライアンが瞬時に距離を詰めてきた。腕と腕が触れ合うほど近づくと、月明かりを反射して、彼の赤い瞳が動物のような光を放つ。

「その掟を変えりゃあいいいんだろう？　なあアルベルト」

「掟はヴァンパイア行政会議で決めるものだ。意見を通したいのなら、正当な方法でお前が立案すればいい」

「追放者には権利がねぇだろうが！」

「だから罪を認めて謝罪し、追放を解いてもらえと言ってる。その後で改革案を提示すれば……」

「アルベルト、こいつがどうなってもいいのか？」

口角を上げて、ライアンが右手をアルベルトに抱かれたままの真樹へと向ける。

「俺は追放者だ。掟なんて関係ねぇし怖くも何とも思わない……何人殺すのも同じことだ」

ライアンの声が真っ黒な夜空に吸い込まれていく。

「可愛い人間の兄ちゃん、真樹とか言ったな。心配しなくてもいい。苦しまないように殺してやる。恨むのなら石頭のアルベルトを恨むんだな」

「ライアン、止めろ……！」

アルベルトは恐怖に震える真樹をかばうように、ぎゅっと力強く抱きしめる。

ライアンは右手を真樹に向けたまま、赤色の双眸を細めてアルベルトを見つめ、アルベルトの方も真樹を腕に抱いたままライアンを激しく見据えている。

二人の視線が激しく絡み合った直後、ライアンが不遜《ふそん》な態度で吐き捨てるように言った。

「何度も言わせんなよ？　いいか、そいつを助けたかったら、人間との共存を破棄する法律を提案しろ。本当にそいつを殺すぞ」

「…………」

アルベルトが端正な顔を歪ませて苦悩しているのを見て、呆然と恐怖で埋め尽くされていた真樹の胸に、ふつふつと怒りが込み上げてきた。無意識のうちに、真樹は震える声で叫んだ。

「ラ、ライアンと言ったな……ひっ、卑怯《ひきよう》だぞっ……せ、正々堂々と、おっ、掟だか法律だか知らないけど、かっ、変えていけばいいじゃないかっ。そ、それなのに、こんな……」

月明かりに白く浮かび上がるライアンの表情が怒りに歪むのを見て、真樹の語尾が小さくなってしまう。

「あぁん？　無力な人間のくせに何を説教垂れてんだ？　口出しすんじゃねーよ。そんなに死にたいのか？」

苛立った声で叫ぶライアンに、アルベルトが諭《さと》すように語りかける。

「……ライアン、我々は今まで人間と共存してきた。これから先も……」

「いい加減に目を覚ませと言ってるだろうが！　そいつの首を切り落とすぞ！　そうしたら転生《てんせい》できねぇだろう？　ざまぁみろだ！」

「……本気で俺を怒らせるな」

「ハッ、本気で怒ってみろよ、アルベルト。言っておくが、俺は手加減しねぇ。後悔することになるぜ？」

ゴオオッと風を切る音とともに、暗闇の中で銀色の光が放たれた。突如として目の前に牙のように鋭利なライアンの爪が現れる。

「わ、あ……っ」

真樹の首筋を狙って、生き物のように伸びてくる爪を見た次の瞬間、身動きもとれないでいる真樹をアルベルトがかぶさるようにして護《まも》った。

「うっ……」

アルベルトの呻き声が耳朶を打ち、呆然となる。真樹をかばったアルベルトは、最高級のスーツとシャツが無残にも大きく切り裂かれ、鋭い爪に抉られて真っ赤に染まった肌が露見した脇腹から、噴水のように血しぶきが吹き出している。

（ぼ、僕をかばって……こんな大怪我を……）

美しい顔を歪めて脇腹を押さえるアルベルトを見つめて、真樹の頭の中が真っ白になっていく。暗闇の中、ライアンの笑い声が聞こえた。

「ははっ、『孤高の戦士』と呼ばれる協調派リーダーが、たかが人間ひとりをかばって刺さ

れるとは無様《ぶざま》だな。それほどの痛みを感じるのは久しぶりだろう。ざまぁみろ！」

「ア、アルベルト……っ」

震える声で名を呼ぶと、アルベルトは大きく息を吐いた。

「大丈……夫……だ……痛みは……じきに……治まる……」

長身を二つに折り、アルベルトは脇腹に手を当て、端整な顔を歪めながら痛みに耐えている。

懸命に荒い呼吸を繰り返し、それでもアルベルトは決して真樹を離そうとはしない。額に大粒の汗を浮かべながら、ぎゅっと護るように真樹を抱き締め続け、かすれた声で囁く。

「絶対に……俺から……離れるな、真樹……」

「アルベルト……」

「おいおい、見せつけてくれるねぇ。お望みならばもっと刺してやろうか？　じっくり痛みを味わえ、アルベルト」

ブンッと空を切って血を飛ばし、ライアンが右手をアルベルトに向ける。ピキピキと大気を揺らして爪がうねりながら伸びてきた瞬間、アルベルトの身体が深く沈み込んだ。

「真樹……しっかり……つかまっていろ……」

血で真っ赤に染まった腕で、アルベルトは真樹を抱いたまま舗装されていない地面を蹴ると、ふわりと重力に逆《さか》らい、周囲のオフィスビルよりも高くジャンプする。

「アルベルトォォォッ！」

ライアンが上げた怒号で大気が震える。

拳を突き出してライアンが飛びかかってくるのが見え、真樹は思わず息を呑む。アルベルトは素早く横に踏み込んでライアンの拳をかわした。

暗闇の中なのに二人の動きは信じられないほど速い。アルベルトに抱かれていなければ、真樹は動きを目で追うことさえできないだろう。

ライアンがビルの壁伝いに走り出すと、一瞬の隙を突いてアルベルトが壁を蹴って攻撃を加える。瞬刻、ライアンの身体がガクンと揺れ、外灯に激突して鈍い音が響き、獣《けもの》のような呻き声が上がった。

「目を……閉じていろ……真樹……」

「う、うんっ」

その直後、アルベルトが空中からライアンへと恐ろしいほどのスピードで一直線に急降下を始めた。

地響きと共に、砂埃が舞い上がる。視界が利かず、不安でアルベルトにしがみつく真樹の耳に、ライアンの野太い呻き声が聞こえた。

「ぐぅっ……く……っ。こ、このっ」

砂埃がおさまり、月明かりと街灯で視界が効くようになると、ライアンが片膝を着いているのが見えた。

ライアンの肩の部分のシャツが破けて、真っ赤な血が滴落している。

「手負いだと思って油断しちまったぜ。くそっ、いてぇじゃねーか！」

苦悶《くもん》の声を漏らすライアンをアルベルトが双眸を細めて睨みつける。

ふいにハスラーとルークの声が響いた。

「アルベルト様！　真樹さん！　ご無事ですかっ！」

「パパ——っ、ましゃき——っ」

ルークを抱いたハスラーが、あり得ないスピードでこちらに駆けながら叫んでいる。

「アルベルト様の血の匂いを嗅ぎ、急いで参上いたしました。お部屋にいらっしゃらないので不思議に思っていたのですが、てっきり真樹さんのお部屋に遊びに行かれたのだろうと安易《あんい》に考えてしまい、遅くなってしまいました。誠に申し訳ございません……！」

真樹を抱き上げたまま、アルベルトが絞り出すように答える。

「もう血は止まっている。痛みもじきに治まるだろう。案ずるな」

そばに駆け寄ったハスラーがルークをそばに下ろした。二人はアルベルトの脇腹の傷を見て青ざめている。

「パパッ……イタイちたの？　だいどーぶ？」

目に涙を浮かべたルークが、小さな手でアルベルトの足にしがみつく。

「ルーク、大丈夫だ。心配するな」

アルベルトの声を遮るように、ライアンが叫んだ。

「よう、誰かと思ったら、執事のハスラーじゃねぇか。それからルーク、久しぶりだな」

「おにいしゃん、だあれ？」

ルークが小首を傾げると、ライアンはぷっと吹き出した。

「ははは、前に何度も会ったのに、覚えてねーのかよ？　まったく、冷てぇガキだな」

ライアンは先ほどとは表情を変えて、真紅の眼を細めながらルークをじっと見つめている。ハスラーはそんなライアンを睨みつけたまま、声だけでアルベルトに問う。

「ヴァンパイア同士への攻撃は掟で禁止されているはず。それなのによくもアルベルト様を……アルベルト様、単独で襲ってきた追放者を攻撃する許可をいただけますでしょうか」

「……相手はライアンだ、気をつけろ、ハスラー」

「承知ッ！」

ハスラーは蹴るようにして飛び上がり、ライアンへ右手を伸ばす。ライアンやアルベルトと同じように、ハスラーの右手もまたピキピキと音を立てながら爪が生き物のように伸びていく。

「手負いの状態で、二対一か。仕方がない」

ちっと舌打ちすると、ライアンはさっと踵を返し、砂敷きの駐車場で一回転して砂煙を巻き上げる。視界が効かなくなったハスラーは手で口を覆い、その場に立ち尽くした。隙を見て逃げ出したライアンは、砂埃が収まった頃には気配さえつかめない場所へと遠ざかっていた。

「くっ……ライアンめ……」

周囲を見渡して悔しそうな表情でハスラーが呟き、そばに戻って心配そうなルークを抱き上げた。

「ハスラー、あのおにいしゃん、どこにいったの……？」

「さあ……それよりルーク様、お怪我はありませんでしたか？」

「んっ、だいどーぶ……」

ルークが小さく頷くのを見て、ハスラーはほっとしたように微笑んだ。

真樹はアルベルトの傷を思い出し、慌ててスマホを胸ポケットから取り出した。

「アッ、アルベルト、怪我は？　きゅ、救急車を呼びます。そうだ、警察も……」

「大丈夫だ。何も呼ばなくていい」

そう呟いたアルベルトが真樹を抱く腕に力を込める。真樹はどうしていいかわからずに動揺する。

「でも……すごい傷です。救急車を呼んで手当をしないと」

「真樹さん、アルベルト様は大丈夫ですので――」

ハスラーが落ち着くようにと、真樹の背を優しく撫でながら、アルベルトの方を見て困ったように眉を下げ、小声で囁いた。

「……アルベルト様、真樹さんはいろいろとよくしてくれましたが……こうなっては致し方ありません。掟通り、記憶を消すのがよろしいかと思います」

その言葉を聞き、真樹はビクンと肩を震わせる。

「き、記憶を消す……？」

「申し訳ありません――」

真樹はきゅっと唇を噛みしめた。ハスラーの手が真樹の額に触れる。

「待て。勝手なことをするな」

静かな声で命じたアルベルトに、真樹とハスラーが顔を向ける。

「アルベルト様……？」

「真樹は他言《たごん》するようなことはしない。だから記憶の消去は必要ない」

アルベルトはきっぱりと言い切った。

「こ、これは異《い》なことを……。アルベルト様、まさか掟をお忘れでは……」

「頼む、ハスラー」

アルベルトが執事のハスラーにそう言うのは珍しいことなのだろう。虚《きょ》をつかれたハスラーがピクリと肩を揺らし、困惑した表情でしばらく逡巡《しゅんじゅん》する。

「確かに、真樹さんなら信頼できると、私も思いますが……掟を破るのは……」

「ハスラー、責任はすべて俺が負う」

重ねて頼むアルベルトに、ハスラーはゆっくりと視線を真樹に移した。ダークブラウンの瞳にじっと見つめられて、真樹の胸はぎゅっと締めつけられる。ふいにハスラーは、アルベルトに眼差しを戻した。

「……アルベルト様がそこまでおっしゃるのなら、何も申し上げることはございません」

ほっと安堵したアルベルトが、小さく息を吐いた。

「とにかく、部屋へ戻る。ハスラーはルークを連れて来てくれ」

「かしこまりました」

アルベルトは真樹を抱いたまま、重力に逆らいながら高く飛び上がると、するとホテル・ウィンザーの外壁とベランダ部分をものすごい速さで移動しながら最上階まで登っていく。ルークを抱いたハスラーが同じように、信じられない跳躍力を発揮して、後をついてくる。

あまりにも奇怪な現状に理解が追いつかず、真樹はアルベルトの腕の中で、月光を浴びて輝いているエメラルドグリーンの双眸をただじっと見つめていた。

＊　＊　＊

最上階のスイートルームに戻ると、ようやくアルベルトは真樹を下ろした。

「アルベルト、傷は……？」

「心配しなくていい。俺は大丈夫だ。ハスラー、ルークをバスルームに連れて行ってくれ」

きょとんとしているハスラーに、アルベルトが説明を加える。

「ルークはガラスの破片を浴びているかもしれない。先ほども砂埃の中にいた。熱いシャワーで洗い流して身体に怪我がないか確認してくれ。同時に気持ちを落ち着かせてやってほしい」

「なるほど……！　さすがアルベルト様。ルーク様のことはこのハスラーにお任せくださいっ」

ハスラーはポンと手を叩くと、お風呂用の玩具セットを持ってきた。

「ルーク様、水鉄砲のおもちゃを準備いたしましたので、私と一緒にお風呂に入りませぬか？」

ぱぁっと顔を輝かせ、ルークが頷いた。

「うんっ、おふろ、だいしゅき。みじゅでっぽー、しゅるー」

「ルーク様はセンスがよろしいので、このハスラー、前回は水鉄砲勝負に惨敗致しました。しかし、今日は負けませんよー」

ハスラーとルークが手を繋いでバスルームに行くのを見送り、アルベルトはコネクトルームのドアを閉めた。ソファーに真樹と向かい合うようにして座り、静かに口を開く。

「お前を巻き込んでしまって、すまなかった」

「……アルベルト……いいえ、そんな……」

真樹は笑おうとして失敗した。思い返すだけで身体が震えてしまう。

「俺に訊きたいことがあるだろう？　これから説明する」

「アルベルト……」

訊きたいことはたくさんある。でもありすぎて、何から尋ねればいいのかわからず逡巡していると、向かい合ったアルベルトの顔に苦痛が浮かんでいることに気づき、慌てて立ち上がった。

「だ、大丈夫ですか？　やはり傷の手当てをさせてください。失礼します」

アルベルトのそばに行き、怪我をした脇腹を見た真樹は目を見開いた。

（なっ……傷が……消えてる……？）

スーツとシャツは引き裂かれたままなのに、先ほどまで血が出ていた傷口はすでに塞がっている。真樹は震える手で傷口があったところを探るが、ライアンに切りつけられ、抉《えぐ》られたはずの傷が見当たらない。

（そんな……どうして……？）

背中を冷たい汗が伝い、真樹は顔を上げてアルベルトを見た。彼は静かな表情のまま、じっと真樹を見つめ、小さく微笑んだ。

「傷が消えているだろう？　当然のことなんだ。俺は不老不死のヴァンパイアだから――」

「……え……」

思わず真樹は身体を引いて息を呑む。その直後、アルベルトの表情がつらそうに歪み、低い呟きが落ちた。

「そんな顔をしないでくれ」

「す、すみません……で、でも……ヴァンパイアって、まさか……」

ふいに昼に見た光景が蘇る。ホテルのロビーで隠れるように睦《むつ》んでいたカップルの男が相手の女の首筋に口づけ、いきなり鋭い牙で噛みついた、あの光景。

見間違いではなかった。そう理解した瞬間、後頭部を殴られたような衝撃が走る。

「……ヴァンパイアって、ほ、本当にいるんですか？　ふ、不老不死って、あの……？」

かすれた声で尋ねる真樹を真っ直ぐに見据えて、アルベルトは深く頷いた。

「俺達ヴァンパイアは自己治癒力《ちゆりよく》を備えている。先ほどの傷も自然と塞がった」

「でも……あんなにひどい傷が……」

「信じられないのも無理はない。よく見てくれ」

アルベルトはテーブルの横に置いてある果物ナイフを右手に持つと、自分の左腕を切りつけた。

「わ、あ……っ、アルベルトっ……」

傷口からぼとぼとと血が滴下するのを見て、真樹は驚愕に漆黒の瞳を大きく見開いた。

無言のまま彼は真樹の目の高さに左腕を突き出した。ぬるぬるとした血が滴り落ちる痛々しい傷口が徐々にふさがっていくのを間の当たりにして、真樹の顔がさらに青ざめる。

アルベルトは果物ナイフを置くと、真樹の手を取り、左腕の傷口に持っていく。

「触ってみろ」

さっきまで裂けていた皮膚は元通りになり、傷口がすっかり消えている。彼の驚異的な治癒力に呆然となる真樹を見て、アルベルトは目を細めた。

「わかったか？　俺は不老不死のヴァンパイアだ」

低く落ち着いた声が耳朶を打ち、真樹は震える声で尋ねた。

「ま、まさか……み、みんなヴァンパイアなんですか？　ハスラーさんや、ルークも？」

「ああ、他にも大勢いる。我々は人間としてこの社会に溶け込み、普通に生活を送ってきた。ホテル・ウィンザーのように、管理職のほとんどがヴァンパイアという組織も多数存在している。我々は人間よりも身体能力、学習能力が高く、その国の言語も数日居住するだけで習得できる」

「管理職の人達が、外国人なのに流暢な日本語を話すのも……さっき、あり得ないくらい高く飛んだのも、爪が生き物のように伸びたのも……ヴァンパイアの能力……？」

「そうだ」

アルベルトは静かに頷いた。真樹はこくりと喉を鳴らす。

「ど、どのくらいの人数がいるのですか？」

「一億人ほど……日本の人口より少ないくらいの人数だ。世界中に散っているが、我々は常に連絡を取り合っている」

「そ、その一億のヴァンパイアの人たちは、みなさん、年を取らないんですか？」

「ああ。ヴァンパイアは二十代半ばくらいで成長が止まり、それからは年を取らない。そして病気をしても怪我をしても治る。不老不死だ」

真樹が眩暈を覚えた刹那、ルークがドアを開けて入ってきた。

「パパっ、ましゃきー」

パジャマ姿になったルークが小走りに駆けてきて、真樹に足にしがみついた。

（ルーク……本当に可愛い子だ。この子もヴァンパイアだなんて……全然人間と変わらないのに……）

呆然と見つめている真樹に、ルークが興奮しながら話しかける。

「ハスラーと、みじゅでっぽーしょーぶ、おもちろかったー」

「そう……、よかった。あ、ルーク、まだ髪が濡れてるよ」

真樹はルークが手にしているタオルを取り、髪を拭いてやる。やわらかな金髪をわしわしと擦《こす》ると、ルークはくすぐったそうに声を上げて笑った。

少しして、ハスラーがバスローブ姿で出てくると、アルベルトが労《ねぎら》いの言葉をかけた。

「ありがとう、ハスラー。ルークはどこも怪我をしてなかったか？」

「はい。身体中、調べましたが、かすり傷ひとつございませんでした。どうぞご安心ください。それにしてもルーク様のお可愛らしいこと……！　肌などツルツルのピカピカでございます。頬など、ぷにゅぷにゅとやわらかくて、すべてがお可愛らしい！　しかも、水鉄砲の腕も確実に上達されてまして、私が油断しておりましたら何と……」

　ダークブラウンの目をこれ以上ないほど細めたハスラーがうっとりしながら話し続ける。

アルベルトは穏やかに笑みを浮かべて聞き、小さく呟いた。

「ハスラー、ひとつ頼んでもいいか」

「はい、どうぞ」

「ルークを寝かしつけてくれるか？　ベビーシッター達はもう帰ったし、俺は真樹と話をしたい」

　上機嫌だったハスラーの肩がピクリと揺れる。

「我々について、話されるのですね？」

「真樹には知っておいてもらいたいんだ」

「……御意《ぎょい》に。それではルーク様、奥の寝室へ参りましょうか」

　ハスラーが声をかけると、ルークは首を横に振る。

「るーく、ましゃきとあしょぶー」

そう言いながらも緊張が解けて眠くなったのか、ルークは目を擦りながら真樹の足にしがみついている。

「今日は色々あって疲れていると思うから、早く寝た方がいいよ。僕はいつでもルークと遊ぶから、安心して」

「ほんと？　ましゃき、またあしょんでくれゆ？」

「うん、約束するよ」

真樹が笑みを浮かべると、ルークもにっこりと笑って頷いた。

「わあった。おやちゅみ、しゅるー」

両手を挙げるルークを真樹が抱き上げ、ルークのやわらかな金髪に鼻先を埋めて囁く。

「おやすみ、ルーク。良い夢を……」

「あいっ、ましゃき、おやしゅみなたい」

アルベルトがそばにきて、ルークのやわらかな頬にキスを落とした。

「ルーク、おやすみ」

「パパ、おしゃゆみなたい。ハスラー、えほんよんでくれゆ？」

「おおっ、もちろんでございます。僭越《せんえつ》ながらこのハスラー、絵本を読むのも得意でございますよ。何の本を読みましょうかねー」

ハスラーと手を繋いだルークが、コネクトルームの内扉から姿を消し、ドアが閉められると、真樹は小さく息を吐いて尋ねた。

「ほ、本当にヴァンパイアなんですか……？　ルークも、ハスラーさんも？　人間と全然変わらないのに……」

「見た目は変わらないが、その他の部分は人間と大きく異なっている。俺達は食事を必要としない。人間らしく見せるために食事をすることはあるが、基本的には血を飲んで生きている」

「あの、それはやはり生きた人間の血……？」

かすれた声で尋ねると、アルベルトは柳眉をひそめた。

「食事としての吸血行為は少量だ。数日おきにヴァンパイア、人間、動物いずれかの血を飲んでいる。吸血行為は吸う量をコントロールすることで、人間の意識を朦朧とさせ、一時的に言いなりにさせることがあるが、それも数時間で元に戻る。人間が抱いているヴァンパイアのイメージと現実は違う」

吸血という生々しい行為のイメージに頭が追いつかず、真樹は混乱しながら返事を返す。

「そ、そうですか。やはり血を吸って生きているのですね……」

貴族的な雰囲気を持つアルベルトが吸血している姿を想像することができず、真樹は動揺する。

「信じられないのなら、お前の血を吸ってみようか？」

冗談なのか、アルベルトは優艶な笑みを浮かべてこちらを見た。一瞬、彼になら吸われてもいいという気持ちになった真樹は、慌てて頭をフルフルと振る。

「ち、血を吸われると、僕もヴァンパイアになるんでしょう？」

彼は形のよい眉を上げて小さく息を吐いた。

「ヴァンパイアに血を吸われたり、逆に血を飲んだりしても、ヴァンパイアにはならない。人間をヴァンパイア化することを転生《てんせい》と呼んでいるが、これにはいくつか条件がある」

「……転生？　条件……？」

「事前にヴァンパイアの血を飲んでから死ぬこと。死後二十四時間以内に全身の血を抜き、ヴァンパイアの血と入れ替えること。このふたつだ。人間からヴァンパイアに転生した者も多くいる。それ以外で秘密を知った人間は記憶を消すというのが、ヴァンパイアの掟だ。我々ヴァンパイアは、人間に何ら苦痛を与えることなく、簡単に自分達に関する記憶を消す能力がある」

背筋がゾクリとして、真樹はごくっと喉を鳴らした。記憶を消されたら、ホテルのＣＥＯと一スタッフの自分とでは、もうこんなふうに会えなくなってしまうだろう。

そう考えただけで、身体が小刻みに震えて、喪失感で胸が締めつけられる。

「あ……」

自分が激しく動揺していることに気づいて狼狽していると、彼は優しい声で囁いた。

「真樹、今すぐにお前の記憶を消すようなことはしない。安心しろ」

ほっと息を吐いた真樹は、ふと鏡にアルベルトの姿が映っていることに気づいた。

「か、鏡に映ってる？　どうして？　ヴァンパイアは普通、鏡に映らないんじゃ……」

「それは意図的にヴァンパイアに弱点があると思わせている噂にすぎない。俺達は人間社会に溶け込んでいて、人間がヴァンパイアを見分けることは困難だ。ヴァンパイアは鏡に映るだけじゃなく、太陽の光や十字架、杭《くい》、聖水などでも死ぬことはない。不老不死のヴァンパイアを殺す方法はひとつ、首を切り落とすことだ」

アルベルトの言葉に、真樹は小首を傾げて尋ねる。

「死って……ヴァンパイアは一度死んでいるから、もう不死なんじゃ……」

「不老不死の俺達でも、首を切り落とされると無に帰《むき》する。それは本当の死が訪れ、永遠の眠りにつくことを意味する」

真剣なアルベルトの声音に、真樹は目を見開いた。

（そう言えば、ライアンが何度か『首を切り落とす』と叫んでいた……）

もしアルベルトが無に帰してしまったら……そう考えただけで背筋に冷たい汗が滴り落ちる。

「アルベルトは大丈夫なんですか……？」

「心配しなくても、我々ヴァンパイアはそう簡単に無に帰したりはしない」

穏やかなアルベルトの口調に思わずほっとして、真樹は気になっていたことを訊いてみた。

「それで……アルベルトは実際、何歳なんですか？」

「俺は三百二十六歳だ」

「ええっ？」

真樹は目を剥いた。どう見てもアルベルトは二十代にしか見えない。その上信じられないほどの美形だ。

「本当に不老不死ですね……」

「人間が途中でヴァンパイアに転生した場合は、その転生した時から不老不死になる。一方、ヴァンパイアは二十代半ばで成長が止まるが、それまでは人間と同じだ」

「それじゃあ、ルークは……？」

「成人するまで、人間と同じスピードで成長する。やはり二十代半ばからは年を取らなくなるだろう。ルークにはまだ、ヴァンパイアと人間の違いについて知らせていない。もう少し大きくなったらすべてきちんと話そうと思っているが……難しいものだな」

アルベルトのエメラルドグリーンの瞳が熱を帯びている。ルークのことを大切に思っている彼の気持ちに、胸の中がじわりとあたたかくなった。ふいにアルベルトが真樹から視線を逸らせて言った。

「……我々ヴァンパイアは男性が多く生まれる。圧倒的に女性の数が足りない。だからヴァンパイアは男性同士で結婚することが多い」

いきなり思ってもみなかった事実を告げられて、真樹は目を丸くした。

「男同士で結婚……？　でも、そうしたら子どもは生まれないんじゃ……」

アルベルトは表情を変えずに、首を小さく横に振った。

「生まれる。ヴァンパイアは血を操作することで、一時的に体内に子宮を作ることができる。だから男でも妊娠、出産が可能だ」

「……え？」

漆黒の両目を思い切り見開いている真樹を見つめて、アルベルトは真面目な表情でつけ加える。

「ただ、女性のように長くは体内に置いておけないので、非常に小さいうちに出産することになる」

しばらくの間、沈黙が落ちた。真樹はごくりと唾液を飲み込み、かすれた声を出す。

「え……ええっ？　ちょっと待ってください。男が妊娠、出産って本当ですか？」

あり得ない、と心の中で繰り返しながら真樹はアルベルトを見ると、彼は怪訝そうに真樹を見つめ返した。目が合った瞬間、真樹の頬が燃えるように熱を帯びる。

「そんなに意外か？」

「だって……！　ヴァンパイアが血を吸うことは知っていましたが、男同士で結婚とか、出産とか、聞いたことがありません」

アルベルトは深緑色の双眸を細めて小さく笑った。

「ヴァンパイアの世界ではごく普通のことだ。大多数の夫婦が男同士だし、多くのヴァンパイアの子どもが男性から生まれている。俺を生んだ母も男だ」

「……ま、まさか……」

ぽかんと口を開ける真樹を見て、アルベルトは眉根を寄せた。

「そんなに驚くことはないと俺は思う」

「だ、だって人間は……女性が……子どもを生むから……」

もごもごと口ごもると、彼は小さく笑った。

「もちろん知っている。ヴァンパイアの中には、人間の女性との間に子どもを作る者もいる。その場合の子どもは多少長寿ではあるが、普通の人間として生きることになる。それにヴァンパイアの方は年を取らないので、人間とヴァンパイアの夫婦というのはあまり長くは一緒にいられない」

それは気の毒だと思うと同時に、ひとつの疑問が湧き上がった。

「あの……アルベルトは……子どもとか、結婚は……？」

これほど美形で金持ち、しかも様々な能力が高いアルベルトなら、ヴァンパイアと人間の両方にモテるだろう。そんな彼が三百年もひとりでいたとは考えにくい。

「いや、いない。俺は一度も結婚したことはないと言ったはずだ」

表情を変えないまま、アルベルトは端正な顔を真樹の方に向けてはっきりと答えた。

「ほ、本当……？　あの、ど、どうして……？」

「ヴァンパイア同士の結婚は永遠を意味する。人間のように離婚したり再婚したりするヴァンパイアは少なく、一度結婚したら、不死の我々は永い時を共に過ごすことになる。俺自身、ずっと一緒にいたいと思える相手に巡り合えたら結婚したいと思っていたが、出会えなかった」

真樹はほっとため息が漏れ、そんな自分に狼狽する。

（よかった……。って……！　ちょっと待って。ど、どうして僕、こんなに安堵してるんだろう……）

「真樹、家族はいるのか？」

いきなりの質問に、真樹は両目を見開いた。少しして、あわてて答える。

「えっと、岡山の田舎に、両親と祖父、それから妹と弟がいます。大家族なので、食事の時はすごく賑《にぎ》やかです。ぼぅっとしていたら、おかずがなくなってしまうので、我が家は皆、食べるのが早いんです。でも、すごく温かくて楽しい家族です」

思わず興奮気味に話すと、アルベルトは確認するように尋ねた。

「……お前は、心から家族を愛しているんだな？」

「もちろんです。僕にとって家族は何物にも代えがたい宝物です」

背筋を伸ばして強い口調で告げる真樹を見つめてアルベルトが目を瞬いた。

「……そうか」

口元を引き締めたアルベルトが、真っ直ぐに真樹を見つめて告げる。

「真樹。ヴァンパイアについて俺が話したことや、お前が今日見たことは、絶対に誰にも言わないでくれ。どんなに親しい友人であっても、信頼している家族であっても他言無用だ。この場で誓ってくれ」

切れ長のエメラルドグリーンの瞳に強く見つめられて、真樹はこくりと喉をならした。

（アルベルトは僕を信用して、ヴァンパイアの秘密を詳細に話してくれた。絶対に彼の信頼を裏切らないようにしたい……）

真樹は真摯な表情で、はっきりと誓う。

「もちろん、誰にも言いません。約束します」

居住まいを正して、厳《おごそ》かな声で告げた真樹を見て、アルベルトの深緑色の瞳がゆっくりと細くなる。

「それでいい……頼んだぞ、真樹。他に訊きたいことはあるか？」

アルベルトの整った顔に優しい微笑が浮かぶのを見て、真樹の胸がトクンと跳ねる。

（知りたいことがもうひとつあるけれど……）

ドクドクと胸が早鐘を打ちつけ、真樹は唇を噛みしめる。

「……どうかしたのか？」

心配そうにアルベルトが顔を覗き込み、間近くで視線が合ってしまう。火が出そうなくらい顔が熱くなり、無意識に近い状態で、真樹はかすれた声で訊いていた。

「……ど、どうして、僕を……た、助けてくれたのですか？」

心臓の音が、アルベルトに聞こえそうなくらい高鳴り、自分でも大胆なことを訊いていると言葉にした後で後悔する。

アルベルトの深緑の瞳がゆっくりと細められた。すっと笑顔が消え、沈黙が落ちる。

そんな彼を見て、真樹は小さく喉を鳴らした。沈黙が続き、背中に汗が滴り落ちるのを感じ始めた頃、ようやくアルベルトが口を開いた。

「お前を助けた理由はひとつ……ルークのためだ」

感情を押し殺したようなアルベルトの声に、真樹は息を呑む。

「ル、ルークのため……ですか……？」

思わず、自分でも驚くほど大きな声で訊き返していた。アルベルトは眉根を寄せると、冷静な口調で答える。

「そうだ。ルークはお前を気に入っている。だからお前の記憶を消したくなかった。それに転生以外で人間を殺すのは掟に反する。あの場合、お前が死ぬと俺にも責任があった」

「…………」

真樹は言葉を失ったまま、ゆるゆるとうつむいた。

大怪我をしてまで自分を護ってくれたアルベルトを見て、どうしてあんなに一生懸命に助けてくれるのだろうと、不思議に思っていた。

（そうか……ルークが僕になついてくれているから、あんなに必死になって、僕のことを守ってくれたのか……）

小さく息をついた途端、全身の力が抜け落ちるのを感じて、拳をぎゅっと握りしめる。彼は不老不死のヴァンパイアだ。自分とは住む世界が違うとわかっているのに、胸がチクチクと痛む。小さく息を吐いて顔を上げた。

「よくわかりました。あの、助けてくださったことに感謝しています。本当にお世話になりました」

真樹は深い礼をした。実際、どんなに言葉を尽くしても足りない。アルベルトが自分を助けてくれなければ、今頃、ライアンに殺されていたかもしれない。彼は命の恩人だ。

アルベルトは頭を下げる真樹を見つめて、ゆっくりと眉をしかめた。

「こちらにも理由があって助けたわけだ。お前がそんなに気にすることはない」

冷たい声音と言葉に、真樹の胸がズキリと痛む。アルベルトは静かに尋ねた。

「ほかには、訊きたいことはないか？」

知りたいことがあっても、彼との距離を感じる今となっては、知ってもどうすることもできない気がして、真樹は首を横に振る。

「いいえ……」

再び沈黙が落ちた。

（胸が、痛い……どうして、僕は……）

ぎゅっと強く胸が締めつけられて、眦《まなじり》に涙が浮かんでしまう。

「ぼ、僕……部屋に戻ります……」

「部屋、とは？」

「僕は旧館にある、従業員用の部屋に宿泊しています」

片手で前髪を掻き上げたアルベルトが、思索《しさく》するような表情で口を開いた。

「ライアンが再びお前を狙うかもしれない。少数派と呼ばれる、人間界を敵視しているヴァンパイア達は過激な行動を好む。掟を破って追放者となった者達は、執拗にその掟を変えて人間を全滅させようと画策している。お前はできるだけ俺のそばを離れない方がいい。今夜からこの部屋へ泊まってくれ」

いきなりの提案に、真樹は慌てて首を横に振る。

「だっ、大丈夫です。……し、失礼します……」

自分でも驚くほど声が震えていた。真樹はアルベルトの返事を待たずに立ち上がると、ぺこりと頭を下げ、逃げるように足早にドアへ向かった。

電車に乗って帰宅するわけではなく、同じホテル内の旧館に戻るだけだ。それほど危険があるとは思えない。

真樹がスイートルームの重厚なドアを開けてホールへ出ようとした瞬間、背後からいきなり腕を掴まれた。

「待ってくれ」

ぐいっと強い力で引っ張られて、バランスを崩してよろめいてしまう。

「あっ……」

そのまま肩を掴まれ、彼の方を向かされた。深緑色の瞳と目が合い、思わず息を呑み、視線を避けるように下を向く。

「真樹、俺の話を聞いてなかったのか？」

顎を掴まれて、ぐいっと顔を上に向かせると、アルベルトは真摯な表情で真っ直ぐに真樹を見つめた。

「なぜ俺から逃げようとする？　ヴァンパイアが怖くなったのか？」

「そ、そんなことはありません。僕は……」

「それならば、ここに泊まれ、真樹。その方が俺も安心できる」

「で、でも……っ」

彼の美貌が近づき、真樹が言葉を途切れさせた直後、唇にあたたかいものが重なる。思わず身体がビクンと震え、胸の鼓動が一気に早鐘を打ちつける。

（キ、キス……？　アルベルトと……？　ど、どうして……っ）

突然のことに頭の中が真っ白になり、身体が強張った。

「……んっ……ぅ……っ」

真樹にとって初めての経験だった。全身が火を点けられたように熱くなり、息が止まりそうになる。それでも懸命にアルベルトの身体から離れようと身をよじって抗《あらが》う。

しかし、彼がさらに強い力で抱きしめるので身動きが取れず、大きな手にすっぽりと後頭部を包み込まれたまま、唇がさらに強く押しつけられた。

「ん、ん……ぁ……っ」

混乱したままアルベルトの身体を押し返そうとすると、うなじに回された彼の大きな手が愛撫するように動いた。ゾクゾクとした疼きが湧き上がり、真樹の体温がどんどん上昇していく。

真樹が身をよじった瞬間、唇を強引に割って濡れた熱いものが差し込まれ、真樹の細い身体がビクンと大きく震える。

「あっ！　んん……んぅ……っ」

彼の熱い舌が真樹の舌を絡み取り、巧《たく》みな舌使いで口腔《こうこう》内をなぞるように愛撫していく。

上顎《うわあご》をつつかれて、頭の中が霞んで全身の力がじわじわと抜け落ち、真樹は彼の逞しい

胸に震える手を当てて小さく喘《あえ》いだ。

「う……っ、あふ……っ、はぁっ、はぁっ……」

しかし、すぐに唇が塞がれ、再び熱い舌が無理やり侵入してくる。舌先を甘く吸い立てられて、身体の芯がしびれる。

口腔内で蠢《うごめ》くアルベルトの熱い舌の感覚に全身がビクビクと震え、やわらかな舌に絡みつかれた直後、脱力とともに彼にすがりついていた。

「んぅ……や……止め……っ」

アルベルトは真樹の身体を強く抱きしめたまま、キスの間も長い指先で優しく真樹の髪を掻き乱していく。精気を吸い尽くすような激しい口づけに、真樹の目にじわりと涙が浮かぶ。

「あ……アル……ルト……っ」

唇が離れた隙に、思わず彼の名を呼んでいた。その瞬間、ピクリと彼の動きが止まり、腕の力を抜いて、ようやく彼は拘束を解いた。

「真樹……」

小さく呟いた彼を涙目で見上げて、真樹は荒い呼吸を繰り返す。

「ど……どうして……?」

「………」

まだ胸はドクドクと早鐘を打ち続けている。夢を見ているようで、目の前の表情が読めない美貌を見つめ、唇を噛みしめた。

「に、日本では……こ、んなことは……普通……しませんから……っ」

涙目で訴えると、彼はゆっくりと瞠目して真樹を見下ろした。

「真樹、お前もしかして、キスをしたのは初めてだったのか？」

「………っ」

かっと頬が熱くなり、黙ったまま顔を伏せる。確かに初めての経験だった。でもそのことを彼に知られたくないという気持ちが大きくて、目頭が熱くなる。

「そうか、キスの経験もないとは……お前は本当に初々しいな」

何も答えなくても、その様子から肯定したと理解したアルベルトが深緑色の目を細めた。彼の手がそっと真樹の頭を撫で、滑り落ちるように優しく頬に触れる。思わずビクンと身体を震わせると、彼は優しく囁いた。

「そんなに緊張するな。お前がよく眠れるように、おまじないをかけた」

「お、おまじない、ですか……？」

イギリスでは寝る前に、おまじないのキスをする習慣があるのか、と思っていると、アルベルトが笑った。

「本当にお前は素直だな」

「う、嘘なんですか？」

呆れながら彼の顔を見上げる。再びアルベルトの美貌が近づき、唇が重なった。触れるだけの優しい口づけを受け入れながら、彼の広い胸に抱き締められて、じわじわと安堵の気持ちが込み上げてくる。

「安心して眠れ、真樹」

アルベルトの優しい声が、耳に心地良く響く。目を閉じたまま、彼の腕の中で全身の力を抜いた後、真樹は深い眠りに落ちていた。

＊　＊　＊

「おはようございます、真樹さん」

明るい声とともに、カーテンが開き、真樹は目を覚ました。

眩しさに薄く目を開けると、朝の陽射しが視界いっぱいに広がっている。

じきに、クリーム色の壁にマホガニー製の重厚な家具、真紅の絨毯が敷かれた広い室内を見渡し、いつもの八畳のワンルームではないことに気づいて小首を傾げる。

「あ……ここは……」

小さく呟くと、バルコニー側の大きな窓にかかったカーテンを開けていたハスラーが、にっこりと笑って振り返った。

「真樹さん、よく眠れましたか？　ここはアルベルト様が宿泊されている最上階のスイートルームでございますよ」

「あ……ハスラーさん、おはようございます。そうか……僕……」

昨夜のことは、夢じゃなかった。真樹はこくりと喉を鳴らし、ゆるゆると室内を見つめて、現実を受け入れようと何度も瞬きをする。

「あの……アルベルトは？　それにルークも」

ハスラーの表情が緩み、笑顔で話しはじめた。

「アルベルト様でしたら、少し前にお仕事に行かれました。ルーク様は奥の寝室でまだ寝てらっしゃいます。いつもはルーク様とアルベルト様がこちらの主寝室でお休みされて、私は寂しく一人でコネクトルームに寝ておりますが、むふっ、昨夜はお可愛いらしいルーク様と一緒に休ませてもらいました。ルーク様の寝顔のお可愛いらしいことと言ったら、もう！　長いまつげといい、やわらかな頬といい……ハッ、そうでした。アルベルト様から真樹さんが目覚めたら朝食の用意をして差し上げるようにと仰《おお》せつかっておりますので、すぐに用意いたしますね」

「ありがとうございます。それにしても仕事って、こんなに朝早くからですか？」

「今日は日本支社で予算執行状況の確認をした後、アジア圏のホテル・ウィンザーの幹部が集まるWEB会議がございます。真樹さんのことを心配されながらも、一時間ほど前に仕事に行かれました。お忙しいのでございますよー」

仕事には手抜きをしないところがアルベルトらしいと思いながら、真樹はサイドテーブルに置かれたスマホを手に取り、時間を確認する。

「あっ、僕も仕事に行かないと……遅刻しちゃう」

慌ててベッドから出た真樹に、ハスラーが笑って言った。

「いいえ、アルベルト様が真樹さんは昨日のこともあるので、今日は仕事をお休みするようにとおっしゃって、フロントマネージャーに連絡をしていました」

斎藤先輩から年休を取ってないことを指摘されたこともあり、近々休みをもらうつもりでいたけれど、いきなり休むと他のスタッフに迷惑がかかるかもしれない。

「すみません、ハスラーさん。電話してもいいですか？」

「もちろんでございます」

真樹はスマホを手に取ると、斎藤先輩の電話番号を探して通話ボタンをタップした。数回の呼出音の後、元気な斎藤先輩の声が聞こえた。

『真樹か？　おはよう。今日は休みだと聞いているけど、どうかしたのか？』

「おはようございます。あの、突然お休みして、すみません。何かありましたら、いつでも連絡してくださいね」

『……わざわざ、そんなことを言うために電話してきたのか？　仕事のことは心配しなくて大丈夫だから、お前はゆっくりリフレッシュしろよ。そうだ。前に少し話したけれど、CEOが視察にお見えになっている。今朝のミーティングで挨拶があったんだけど、相変わらず、驚くほど美形なんだ。彼のところだけスポットライトがパァッと当たっているような華やかな雰囲気で、スタッフの女性陣なんか口を開けて見惚れていたんだ。真樹もきっとびっくりするぞ』

まさか今、そのCEOの部屋に泊まっているとは言えずに、「そ、そうですか」と詰まりながら答えた。

『とにかく、仕事のことは何も心配しなくていいから、ゆっくり休めよ、真樹。じゃあな』

「はい、ありがとうございます」

斎藤先輩との通話が終わり、スマホをポケットにしまおうとして、真樹は自分が高級そうなパジャマを着ていることに気づいてぎょっとする。

（な、何……？　どうして……？）

真樹は驚愕しながらハスラーに尋ねた。

「あの、僕、いつの間にか、高級そうな寝間着に着替えていたのですが……記憶が……」

コーヒーをテーブルに運んでいたハスラーが振り返り、真樹の全身を上から下まで素早く見つめ、ポンと手を叩いた。

「それはアルベルト様のパジャマですね。きっと、真樹さんもガラスや砂埃を被ったので、身体を拭いて着替えさせたのでございましょう」

「……っ」

そう言えば、昨夜はお風呂に入らずに寝てしまったのに、身体から、かすかに石鹸の香りがしている。

（うわぁ……全然覚えてない……僕が寝た後、アルベルトが着替えさせてくれたの？　どうして起きなかったんだろう……って！　ちょ、ちょっと待って。か、身体を拭くって……あ、あり得ないっ）

思わずベッドに腰かけ、枕をぎゅっと抱き、顔を埋める。声を殺して悶絶する真樹を見て、ハスラーが茶色の瞳を見開いた。

「どっ、どうなさいましたか、真樹さん。どこか具合でも悪いのですか？」

「……いいえ、恥ずかしくて……」

寝顔を見られただけでも恥ずかしいのに、身体を拭いたり着替えさせられたりしたなんて。

しかもその間、子どものようにぐっすりと眠っていた自分を、できることなら叩き起こしてやりたい。

「そんなに気にされなくても大丈夫だと思います。アルベルト様は以前、戦争で傷ついた人間を手当てしたり、お風呂に入れたりしたことがございますので、慣れておられますよ」

「いくら慣れていても、僕は傷を負った戦士じゃないし……」

うつむきながら呟くと、ハスラーがクスクスと笑い出した。

「そのように恥ずかしがるということは、昨夜、アルベルト様と何かございましたか？」

「なっ……」

いきなり昨夜のことを訊かれて、キスをされた記憶が蘇った。思わず指先で唇に触れて、慌てて手を下ろす。ハスラーと目が合った瞬間、カーッと顔が熱くなった。

「えっ……ぼ、僕は……あの……っ」

動転しながら視線を泳がせる真樹を見て、ハスラーが顔を輝かせた。

「おぉっ、そのご様子では、アルベルト様の血を吸われたのでございますね？」

「……え？」

一瞬、言われた意味がわからず、きょとんとしてハスラーを見つめ返した。

「血を……？」

「はい。吸血されたのでは？」

「いいえ……アルベルトは血を吸えとは言いませんでした」

ハスラーのブラウンの双眸がじわりと細くなった。

「本当に、一度もアルベルト様から血を飲めと言われなかったのですか？」

「はい。一度も言われていませんし、飲んだこともないです」

きっぱりと言い切る真樹を見て、ハスラーは困ったような表情で首を傾げている。

「……さようでございますか。しかし、あんなに真樹さんのことを気に入ってらっしゃるのに、なぜアルベルト様は以前と違い、転生させようとしないのか……不思議です」

心拍数が一気に上がり、真樹は小声で答える。

「以前って……何かあったのですか？」

ふーっとハスラーは息を吐き、こちらを向いて姿勢を正すと、真面目な表情で言った。

「真樹さんはもうご存知だと思いますが、ヴァンパイアは人間に秘密を知られてはいけないという掟がございます。ですから私は、僭越《せんえつ》ながら真樹さんの記憶を消した方がいいと考えておりました。しかしアルベルト様はどうしても嫌だと言われた。実は今から二百年ほど前も、同じようなことがございました。アルベルト様は一人の人間を気に入り、その人間の記憶の消去を拒んだだけでなく、周囲の反対を押し切ってその人間をヴァンパイアに転生させたのです」

「えっ、本当ですか……？」

お気に入りの人間がいて、周囲の反対を押し切ってまで転生させたなんて……アルベルトにそんな熱い一面があったことを初めて知り、真樹は胸に強い痛みを感じて、自分の手をぎゅっと握りしめた。

「常に先頭に立つお立場にあるアルベルト様は自他共に厳しい方でしたが、真樹さんとご一緒の時は顔つきが優しくなられて、よく笑うようになりました」

「……でも、僕は別に何も……」

何もしていない。ただルークと遊んだだけ。自分がアルベルトを変えるようなものは何も持ってないことに真樹自身が一番気づいていた。

「ですから、私はきっとアルベルト様は真樹さんのことを転生させたいとおっしゃるのではと思っておりました」

眉尻を下げて困惑しているハスラーを見て、真樹は小さく首を横に振る。

「ハスラーさん、それは誤解です。アルベルトが僕を助けてくれたのも、記憶を消去しなかったのも、優しくしてくれるのも……全部、ルークが僕になついているからです」

言葉にすると、胸がズキンと痛んだ。事実、アルベルトからは一度も血を飲めなどと言われていない。もしかしたら、彼らが日本にいる間だけ、ルークのために記憶を残しておくつもりなのかもしれない。

「あの、真樹さん……」

顔を上げると、ハスラーはますます困ったような顔でこちらを見ていた。真樹は小さく笑って、彼を安心させるために明るい声で言った。

「もちろん、ヴァンパイアに関することは、絶対に誰にも言いません。アルベルトにも誓っています。だから安心してください」

「もちろんでございます。ルーク様があのようになつかれていらっしゃるのは、真樹さんが信頼できる人間だからでございます。このハスラー、真樹さんのことを心より信頼しております。それにアルベルト様だって……おっと、そうでした、真樹さんの朝食を準備するようにとアルベルト様から申しつかっていることを忘れておりました。先ほど淹《い》れましたコーヒーをどうぞ」

ハスラーが差し出したコーヒーカップを受け取る。ひと口飲むと、ほどよい苦《にが》みとコクが口の中に広がり、真樹はほっとして小さく息を吐いた。

「ありがとうございます。うん、すごく美味しいです」

「さようでございますか。よくこんな不味《まず》いものが……あ、失礼いたしました。人間の目を欺《あざむ》くため、ダミーとして食することがございます。しかし我々は血が主食ですので、どうしてもこういう食べ物は受けつけないのでございます。私は特にこのコーヒーという飲み物が苦手でして……」

はっきりと不味いと言われ、真樹は頬を引き攣らせた。

「そうですか……あの、パンか何かは？」

昨夜は色々あって、夕食を食べ忘れている。さすがに朝食がコーヒー一杯ではお腹が空《す》いて仕方がない。真樹の言葉に、ハスラーはポンと手を打った。

「おおっ、パンでございますか。あの小麦粉で作られた固形物でございますね。朝からあのようなものまで食べられるとは思っておりませんで、用意するのを忘れておりました。このハスラー、不徳と致すところでございます。大至急買ってまいりますので、少々お待ちいただけますか？」

「いいえ……僕、自分で買ってきます」

何だかハスラーに買ってきてもらうのは気の毒な気がした。それにホテル周辺に美味しいパン屋さんがあり、そこは朝早くから開店しているはずだ。

すぐにでも買いに行こうと思っていると、パタパタとドアの向こうで小さな足音が聞こえてきた。内扉が開き、ルークが部屋に飛び込んでくる。

「ましゃきー、ハスラー、おあよー」

「ルーク、おはよう」

「おおっ、ルーク様、おはようございます。今朝もなんとお可愛いらしい！」

パジャマ姿のルークを抱き上げて、ハスラーはすりすりと頬ずりをし始めた。

「くしゅぐっちゃい。やめてー」

「おおお……嫌がるルーク様の何とお可愛らしいことでしょう。ぷにゅぷにゅの頬も、小さなお顔も、サラサラの金髪も、すべてがお可愛らしい！　堪りませんなぁ！」

これ以上ないくらい茶色の眼を細めたハスラーが、興奮しながらルークをむぎゅっと抱きしめている。

「やっ、イタイちないで、ハスラー」

ルークの声に、ハスラーは慌てて腕を緩める。

「なんと……痛いとおっしゃいましたか？　こ、これは大変失礼いたしました」

ようやく強すぎる拘束を解かれたルークは、真樹の方に両手を伸ばした。

「ましゃき、あっこちてー」

真樹が小さな身体を抱き上げ、やわらかな金髪を優しく撫でると、ルークは嬉しそうな声を上げて笑った。

「ルーク、よく眠れた？」

「うんっ。パパは、おちごと？」

「そうだよ。でも、ハスラーさんと僕が一緒にいるからね」

「わぁい、ましゃき、いっちょにあしょぶー」

「わかった。でも、朝食のパンを買ってくるから、少しの間、ハスラーさんと待っていてくれる？」

額と額をくっつけるようにして話すと、ルークは赤い瞳で真っ直ぐに真樹を見つめ、頷いた。

「すぐにもどってくゆ？」

「約束する。パンを買いに行くだけだよ。戻ってきたら、いっぱい遊ぼうね」

「わあった。るーく、まってゆ」

やわらかな金髪をくしゃりと撫でて、真樹はパジャマからハスラーの私服を借りて着替え、身支度を整えると、財布を持って部屋を出た。

そのままお客様の邪魔にならないように、エントランスホールの裏口に回ってホテルの西門から外へ出る。

「雨が降りそう……急がないと」

いつの間にか灰色の雲に覆われた曇天《どんてん》を見上げて、真樹は小さく呟いた。息を吸いこむと、雨の香りが胸に広がる。

早朝の高層ビル街は人がまばらで静まり返っていた。主道路を左手に折れた場所に、目指すパン屋さんがあり、美味しい焼きたてのパンの匂いを漂わせている。

（よかった、開いていた）

安堵した直後、ぽつんぽつんと雨が落ちてきて、傘を持ってきてない真樹はパン屋さんへと急ぐ。扉に手をかけた時、キキキッと耳触りなタイヤの擦過音が耳朶を打ち、驚いて振り返った真樹の視界に大型のワゴン車が勢いよく走ってくるのが見えた。

（いくら早朝でも、なんてスピードで走っているんだろう……）

ところが、タイミングが悪いことに、道路の奥の路地から子どもが急に飛び出してきた。水色のランドセルを背負った、ルークよりも少し年上の日本人の男の子だ。おそらく路地向こうのマンションに住んでいる子どもだろう。

「危ないっ！」

真樹の叫び声は車のタイヤが軋《きし》む音に消されてしまう。勢いがついていた子どもは、道路に飛び出した状態でワゴン車を見て驚いて固まり、動けなくなってしまった。

「逃げてっ……！」

最悪の状態に、真樹は駆け出していた。

ワゴン車が急ブレーキをかけるが、気づくのが遅すぎたのとスピードが出過ぎていたため、間に合わない。真樹は飛び込むようにして地面を蹴ると、青ざめて立ち尽くしている子どもを抱きしめた。次の瞬間、真樹の全身に凄まじい衝撃が走り、引きちぎられたように激しい痛みが全身を襲う。

「う、わ……っ……」

降り始めた雨が、細い糸のように落ちて来るのが見えた直後、真樹は成す術《すべ》もなく宙《ちゅう》に投げ出された。

「あ……」

地面に叩きつけられた瞬間、痛みは感じなかった。周囲から音が消え、全身から力が抜け落ち、身動きできずにアスファルトの上に横たわったまま雨を見つめた。

「……っ……」

言葉にならず、息だけが口から洩れる。真樹の漆黒の瞳から涙がこぼれ落ちた。

「……真樹、口を開けろ」

どのくらい時間が経ったのだろうか。聞き覚えのある声に薄く目を開けると、灰色の空が見えた。

そしてすぐ近くにある端整な白皙を見て、小さな声で尋ねる。

「アルベルト……？　どう、して……」

「お前の血の匂いがした。だから飛んで来た」

彼はつらそうに唇を噛みしめ、真樹の頭を自分の膝にのせて、じっとこちらを見下ろしている。

降り続く雨がアルベルトの金髪と美貌を容赦なく濡らし、ポトポトと透明な水滴が滴下している。

真樹の顔や髪にも雨が落ち、視界が霞んで思考がまとまらない。周囲の音は消えているのに、アルベルトの声だけが聞こえてくる。

「真樹、俺の血を飲め。お前を転生させる」

「このままでは、お前はもうすぐ死ぬ。ヴァンパイアに転生するんだ。そうすれば不老不死のまま永久に生きることができる」

「転……生……？」

「ぼ、僕は……死んで……しまう、の……？」

呆然とする意識の中で、アルベルトの深緑色の双眸を見つめた。もう痛みも感じない。

「アルベルト……あの子どもは……？」

「お前が助けた子どもは無事だ。さあ、もう時間がない。真樹、俺の血を飲むんだ」

真樹は小さく首を横に振る。

「いい……です……僕は……このまま……」

アルベルトの表情が怒りで強張り、大きな声が耳朶を打つ。

「馬鹿なことを言うな！　真樹、飲むんだ。ルークが悲しむ」

幼い金髪の男の子の笑顔が胸に去来し、思わず小さな呻《うめ》き声が漏れる。

「ルーク……」

「口を開けろ、真樹」

強い口調に、力なく首を横に振る。

「真樹、家族に会えなくていいのか？」

「か、家族……？」

「そうだ。お前にとって家族は宝物なのだろう？　死んでしまったら、もう二度と会えない。それでもいいのか？」

「……ぼ、僕……できれば……みんなに……会いたい……」

（両親やお祖父ちゃん、妹や弟、みんなに会いたい……それに、可愛いルークにも……斎藤先輩や職場のみんな、それにお客様……それから……目の前にいる彼にも……）

真樹は小さく口を開けた。

アルベルトは牙で自分の右手首を切ると、真樹の口の上にかざした。切られた手首から血が滴下するのを真樹は黙って見つめている。

「飲め……真樹」

彼の手首から垂れる血が真樹の口の中に入った直後、ドロリとした言い様のない不味い味が口の中に広がり、思わず顔を歪める。じっとこちらを見ているアルベルトの深緑色の瞳を見つめたまま、なんとか飲み込む。

「飲んだか……」

アルベルトがほっとしたように瞳を細めた。

「……アル、べ……ト……」

頭の中が真っ白になった真樹は、アルベルトが顔を近づけ、首筋に牙を立てるのをぼんやりと見つめる。

首筋に鈍い痛みが走る。アルベルトが血を強く吸い上げているのだと頭の片隅でわかっていても、身体はまったく動かない。

身体が冷たくなるのを感じ、全身が小刻みに震え、涙が目からあふれた。

意識が朦朧となり、目を開けていることができなくなった真樹は、細い雨を見つめながらゆっくりと目を閉じる。

「……ル……ク……ごめ……」

すぐに帰ると約束したのに、果たせずにごめんね。

瞼に小さな笑顔が浮かび、真樹は口元に笑みを浮かべたまま動きを止めた。やがて静寂が訪れた。

＊　＊　＊

オレンジ色の光に包まれて、真樹は目を覚ました。

窓の向こう側に茜色《あかねいろ》の夕空が広がっているのをぼんやりと眺める。

「真樹……気がついたか？」

心配そうな声が耳朶を打ち、視線を向けると、ベッド横の椅子に座った金髪緑眼の美貌が、じっとこちらを見下ろしていた。

「アルベルト……」

かすれた声を出し、ぼんやりする頭で、起き上がろうとする。

「あっ……」

ぐらりと眩暈がした途端、アルベルトが素早く真樹の両肩を支えて、優しく寝かせる。

「ここは……？　僕は……確か」

「最上階のスイートルーム、俺の部屋だ」

部屋の中を見渡し、白壁にマホガニー製の家具、黒革のソファーを見つめた後、真樹は自分がキングサイズのベッドの中で横になっていることに気づいて、もう一度アルベルトを見る。

「僕は……確か朝、子どもを助けようとして……そうだ、車に……」

真樹がこめかみを押さえると、アルベルトが心配そうに顔を覗き込んだ。

「そうだ。お前は十時間以上眠っていた」

「え……そんなに……？」

ふいに真樹の脳裏に事故の記憶がよみがえり、ハッと息を呑んだ。

「僕、車に撥ねられたんだ！　それで身体が……」

真樹は大きく目を見開いた。痛みはまったくない。しかしどこが違うのかわからないけれど、今までとは明らかに何かが違っている。

「あのワゴン車はそのまま逃げた。真樹、お前は車にひかれて亡くなり、俺がヴァンパイアに転生させた」

「……っ」

衝撃の事実に漆黒の両目を限界まで見開き、信じられない思いで目の前の緑眼を見つめた。

「ぼ、僕……本当にヴァンパイアに……？」

彼は深く頷き、小さな子どもに言い聞かせるように優しく説明する。

「息を引き取る前に俺の血を飲ませ、死後、お前の全身から血を抜いて俺の血を与えた。人間の時と比べて、感覚が鋭くなってないか？」

先ほどから身体がおかしいと感じていた。事故に遭ったのに、身体の底から力が湧いてくるような感覚に包まれ、嗅覚がきいて、耳が良く聞こえるようになった。目も今までよりもずっと遠くがはっきりと見える。事故に遭うまでは空腹でパンが食べたいと思っていたのに、今はまったくそう思わない。

「僕が……ヴァンパイア……」

真樹の瞳に浮かぶ動揺と不安を汲《く》み取り、アルベルトがそっと真樹の髪に触れ、優しく撫でる。

「外見上はまったく変わってないが、お前はヴァンパイアに転生して不老不死になった。しかし、まだ全身の血が必要量に足りていない。体力を回復させるために、もう少し寝た方がいい。仕事はしばらく休むと連絡してある。何も考えずにゆっくり休養してくれ」

彼の言葉に家族の顔が瞼に浮かび、かすれた声で尋ねる。

「あの……人間にはヴァンパイアになったことを話してはいけないんですよね？　家族にも？」

真樹の顔が強張《こわば》ったのを見て、アルベルトは眉根を寄せて鋭い眼を眇《すが》めた。

「ヴァンパイアに関することは一切話さないという約束さえ守れば、家族とも今まで通りに接して構わない。ただ、お前は年を取らない。だから十年くらいは普通に過ごせるが、それから後は、お前に関する記憶を家族から消すことになるだろう」

「……それじゃあ、友達も？　仕事の仲間やお客様は……？　やはり十年くらいしたら、僕に関する記憶を消さなきゃいけないの……？」

「真樹」

家族からも友達からも忘れられてしまう。それはとても寂しいことで、真樹の胸がドクドクと早鐘を打ちつける。

「不老不死って、ずっと生きるということでしょ？　ずっとそうやって僕の身近な人達の記憶を消し続けて、永遠にひとりで生きていくの……？」

言葉にした途端、不安が胸の中にじわりと広がり、目頭が熱くなる。

「真樹、俺を見ろ」

アルベルトが真樹の手首を掴み、引き寄せた。

「大丈夫だ。何も心配するな」

「でも……僕は……っ」

彼の手が顎にかかり、強い力で上を向かされた。真摯な表情のアルベルトが深緑色の双眸で睨むように見下ろしている。

「落ち着け、真樹。俺がいる。ルークもハスラーも。他にも多くのヴァンパイアがいる。みんなお前の仲間だ」

「仲間……？」

強い力で顎を押さえられ、上を向かされたまま、真樹は呆然とアルベルトを見つめた。

「そうだ。真樹、お前にはヴァンパイアの仲間が大勢いる。困難なことがあればどんな小さなことでも俺に言ってくれ。俺はずっとお前のそばにいるから――」

彼の声と表情から懸命さが伝わってくる。その優しく心強い言葉に真樹の漆黒の瞳から涙がぽろりとこぼれ落ちた。

「真樹」

名を呼ばれて上げた視線の先、深緑色の瞳にじっと見つめられて、胸が震えた。彼の手が頬を包み込むように撫でる。ゆっくりと触れる彼の手のひらから伝わるあたたかさに、ぎゅっと胸が締めつけられていく。

「泣かないでくれ……俺はお前に泣かれると、どうしていいのかわからなくなる」

かすれて熱を帯びた声が耳朶を打ち、頬に熱が落ちた。

「あ……アルベルト……」

涙を拭うように頬に優しく口づけられて、トクトクと鼓動が速まっていく。

「何も心配することはない。俺がついている」

「アルベルト……」

彼の唇の熱が頬からじわりと全身に広がるのを感じ、そのぬくもりが不安を溶かし、薄れさせていく。

「アルベルト、僕……僕は……」

胸が締めつけられて、顔だけでなく全身が熱い。どうにかなりそうで、思わず彼の逞しい背中にしがみついた。

頬を朱色に染めてあえぐように呼吸を荒げ、潤んだ瞳で見上げる真樹を見て、アルベルトが優しく尋ねる。

「……喉が乾いたのか？」

アルベルトはネクタイを緩めてシュッと引き抜くと、サックスブルーのシャツを第二ボタンまで一気に外して胸元をはだけさせた。

彼の白い首筋に頸動脈《けいどうみゃく》が浮き上がっている。そこから目が離せず、真樹はごくりと喉を鳴らした。

「真樹、吸血したいのだろう？」

「ち、違います……僕……そんなこと、は……」

戸惑いながらも、真樹は全身の血が焼けるように熱くなるのを感じていた。彼の首筋を凝視しながら、どうしてこんなに喉が乾いているのかわからず、息苦しくなる。

アルベルトは大きな手を真樹の後頭部に回して、飲みやすいように首筋を近づけた。

「さっきも話したが、転生した直後にお前の血をすべて抜いた。俺の血を与えたが、まだ足りないだろう」

優しい囁きに誘われるように、真樹は瞬きながらアルベルトの首筋に唇を押し当てた。無意識のうちに、生《は》えたばかりの牙をアルベルトの皮膚に埋め込み、魅了されたように、夢中で強く吸い上げる。

(僕、血を飲んでるの……?)

呆然とする意識の中で、アルベルトの手が優しく真樹の髪を撫でていることに気づいて、一旦首筋から牙を抜いて顔を上げる。

「アルベルトの血……すごく美味しい」

自分でも驚くようなことを囁いた真樹は、再びアルベルトの首筋に吸いつくと、牙を彼の肌へと埋めて血を吸い上げる。全身が彼の血を欲していた。

「しっかり飲むといい、真樹」

頭上から優しい声が落ちる。アルベルトの声は真樹を安心させる。

貪るように吸血した後、真樹はアルベルトの首筋からやっと口を離した。唇についた血を舐め、小さく息を吐く。

「あ……血を飲むなんて……僕……」

「そのうち吸血行為にも慣れる。転生して二十四時間が経てば、他のヴァンパイアでも人間でも誰の血でも大丈夫になるが、今夜一晩は俺の血を飲んだ方がいい」

「でも、あまり飲むとアルベルトが……」

自分を蘇生《そせい》させる時もアルベルトが血を与えてくれた。そんなにたくさんの血をもらっては彼が倒れてしまうのではと心配になっていると、深緑色の目を細めて彼が微笑んだ。

「俺のことは心配するな。大丈夫だ」

ゆっくりと彼の手のひらが真樹の頬に触れる。

「アルベルト……僕……」

窓から穏やかな夕陽が差し込んで、白壁にあたたかな影を落としている。

言葉もなくアルベルトを見上げていると、彼が静かに立ち上がった。上に覆いかぶさってくるようにして、顔を近づける。心臓がトクンと跳ね上がり、小さく彼の名を呼ぶ。

「アルベルト……」

彼の美しい緑眼の中に映っている自分を見つめる。その瞳の奥に、先ほどまでの優しく気遣う眼差しとは異なる光が揺らめく気配を感じる。

アルベルトを見上げていると、じわじわと身体が火照《ほて》り、なぜか心臓が締めつけられて息苦しくなってしまう。

「お前はヴァンパイアになった」

アルベルトの低い声が聞こえた刹那、胸の鼓動が一気に早鐘を打ちつけた。

身体が燃えるように熱い。眦に涙が浮かび、心臓がざわめいている。

「僕は……ヴァンパイア……」

「そうだ。お前は永遠の時を俺と生きる」

囁いた直後、噛みつくように激しく口づけられた。

ベッドが軋む音が聞こえ、アルベルトが素早くシャツを脱ぎ捨てた。

「あ……」

吸血を物語る、彼の首筋に浮かぶ鮮やかな二点の血の跡に、真樹は思わず躊躇《ちゅうちょ》してしまう。

「真樹、もっと飲め」

彼の大きな手が包み込むように真樹の細いうなじを掴み、ぐいっと自らの首筋へと近づける。

「アルベルト……んっ……ぅ……っ」

真樹は彼の首筋に再び牙を差し込み、血を吸った。背筋をゾクゾクとした電流のような快感が流れていく。

「アルベルト、大丈夫?」

夢中で吸血していた真樹は顔を上げた。

「俺のことは心配しなくていい。好きなだけ飲め」

「……アルベルト……」

「うん？　どうした」

「………」

彼の手が真樹の髪を優しく撫で、気がつくと真樹の方から唇を重ねていた。

彼の逞しい背中に腕を回すと、ゆっくりと唇が割られ、舌が挿入される。その慣れない感覚に真樹の身体が弓なりに反り返った直後、彼はためらうことなく舌を絡め取ると、余すところなく口の中を掻き回すように愛撫し始めた。

「んんっ……ぅ……ん、ん……っ」

熱い舌に乱暴に口腔内を蹂躙《じゅうりん》されて、頭の中が真っ白になっていく。喘ぎながら逃れようとすると、彼は小さく笑って囁いた。

「キスが上手になったな、真樹」

今まで聞いたことのない、低く熱っぽい声だった。彼は乱暴に真樹の耳朶を口に含むと、舌で耳孔を舐め上げながら強く抱きしめた。真樹の頬がかっと熱くなり、身体が小刻みに震え出してしまう。

「くっ……！　あっ……アルベルト……」

彼の名を呼んだ直後、抱擁《ほうよう》が解かれた。ベルトのバックルを外す音が聞こえ、振り仰ぐように彼を見つめると、藍色を帯びた茜色の光の中に、アルベルトの白くて美しい裸体が浮かび上がっている。男らしい胸板、すらりと引き締まった背中、割れた腹部、長い手足。その美しさと逞しさに驚愕し、思わず言葉をなくして見惚れていると、彼の手がゆっくりと真樹の腕を掴み、抱き寄せた。

彼の腕に抱かれ、その厚い胸板にぎゅっと押しつけられて、真樹は息を呑む。そのまま彼の大きな手が真樹の服を剥ぎ取るように脱がせていく。

「アッ、アルベルト……？」

抵抗することも忘れて、人形のように呆然とされるままになっていると、耳元で彼が囁いた。

「お前の身体は着替えの時に見ている。細くて美しい。恥ずかしがることは何もない」

「で、でもっ」

「俺に全部任せてくれ」

アルベルトは恥ずかしがっている真樹の全身に優しいキスを落としながら片手で軽々と抱き上げ、スラックスごと下着を抜き去った。

「……っ！」

「大丈夫だ――」

驚きに目を見開いた真樹を彼はそのまま強引にベッドの上に押し倒した。真樹は呼吸さえ忘れそうに身体を強張らせる。

「あっ……や、アル……」

身をよじろうともがくが、アルベルトは黙ったまま素早く真樹の上に覆いかぶさってきた。そのまま硬くなっている真樹の欲望を手で包み込んでしまう。

「ああっ！　んんっ……！　や……っ、な……っ」

思わず高い声をあげながら、ビクビクと震える背を仰《の》け反らせる。先ほどアルベルトの白く逞しい身体を見た時から、すでに真樹の身体は蕩《とろ》けてしまっていた。彼の大きな手に分身を握られただけで弾けてしまいそうなほど固くなった先端から、堪え切れずに蜜があふれている。

「感度がいいな、真樹、キスが初めてだったということは、交わるのも初めてなのだろう？」

「………」

耳元で低い声音が聞こえ、真樹は涙目になりながらぎゅっと唇を噛みしめる。彼の言う通り、何もかもが初めてだ。羞恥で頬が燃えるように熱くなる。

「そうか、初めてか。俺を信じて任せろ」

アルベルトは深緑色の瞳を細めて嬉しそうな笑みを浮かべると、するりと身体を起こし流れるような自然な動きで真樹の欲望を優しく口に含んだ。

「あぁ……っ、だ、ダメ……っ、そんなとこ……っ」

欲望を熱い口腔内に咥《くわ》え込まれた真樹が慌てて起き上がろうと身体を起こすと、アルベルトは欲望から口を離し、片手で真樹の足首を掴んで軽々と持ち上げた。

「な……アルベルト？」

「転生したお前は痛みに強くなっている。だが、まったくの初めてでは、さすがに――」

片手でベッド横のサイドテーブルに置いてあったローションのビンを逆さにして手に出し、指につけた。

「そ、それは……？」

「ボディマッサージのローションだ。何もつけないと、お前がつらい思いをする」

言葉が終らないうちに、ローションをつけた彼の長い指がぬるりと狭い孔に入ってきた。

「あっ……やぁ……っ」

初めて後孔に指を挿入されて、真樹の背中が震えながら反り返った。ぬるぬるとした指は一気に奥まで差し込まれてしまう。

「くっ……あっ、アルベルト……っ」

「お前が痛くないように解《ほぐ》すだけだ。ゆっくりと身体の力を抜いて、息を吐いてくれ。――そうだ」

「う……、あ、あ……やっ……」

マッサージするように窄《すぼ》まりを指先でくすぐられて、頭の中で火花が散るような強烈な刺激に腰が疼く。

差し込んだ指を巧みに動かす彼のマッサージに夢中で身を捩りながら、抑えようとしても喘ぎ声が漏れてしまう。

「ひっ……くっ……んん――っ、アッ、アッ……アル……ト……っ」

「もっと身体の力を抜いた方がいい。お前の中は熱くてやわらかい。これなら俺を受け入れられるだろう」

囁くようなアルベルトの甘い声に、真樹はゾクゾクと背中が粟立つのを感じて、そんな自分にさらに動転する。胸の鼓動が苦しいほどに高鳴り、息ができない。

後孔に挿入された指がローションのぬめりを借りてさらに最奥まで到達し、指の腹で狭道の粘膜を撫で上げる。制御できない快感が全身を走り、真樹は薄く涙をにじませて首を左右に振った。

「やぁっ！　んんっ……あっ……もっ……ああっ……！」

「お前は俺を煽るのがうまいな。そんな可愛い声で鳴くな」

煽っているつもりなどない真樹は、強烈な刺激の中で反射的に身を捩り、懸命に下肢のつけ根から込み上げる感覚から逃れようとする。しかしアルベルトが覆いかぶさって身体を押さえているので身動きがとれない。

「真樹、ここがいいのか……？」

「ひぁっ……ふぁっ……あ……んんっ、あぁっ……」

彼の指が、感じやすい箇所を抉《えぐ》るように掻き回していく。真樹は強すぎる愉悦に涙を浮かべて、苦しそうに身悶えた。

じきに真樹の中はねっとりとした熱を孕《はら》み、小刻みに震える背中を何度も逸らして、痛いくらいに疼く下腹部を揺らす。

「やっ……こんな……あっ……アルベ……トッ」

「大丈夫か、真樹」

小刻みに震える全身を強張らせていると、いつの間にか体内の指は二本に増えていた。

それらの指が後孔の中を蠢き、狭い肉筒を押し広げる感覚に背中がピクピクと震え、喉の奥から呻き声が漏れる。

「くっ……うっ……アル……トっ……もっ……やっ……」

全身が火をつけられたように熱い。痛みはなく、それどころか指が動くたびに身体の奥がじんと痺れてしまう。

「……制御できそうにない。このまま挿《い》れる。悪いが、もう泣いても止めてやれない。痛かったら俺の血を吸ってくれ。いいな？」

早口で告げる彼は、呼吸を荒げ額に汗を浮かべている。余裕をなくした彼を見るのは初めてで、真樹は口元を引き締めて黙って小さく頷いた。

「真樹……」

囁きながら、彼の唇が優しく真樹の唇に重なり、ついばむように吸う。

真樹の黒髪に指を絡めるように頭を撫でながら、アルベルトはキスを止めない。

「んんっ……んぅ……っ」

彼を見上げると、視線が絡み合った。美貌に苦渋が浮かび、深緑色の瞳に浮かぶ欲情の色に思わず息を呑む。

初めて彼が見せる無防備な表情に胸を突かれて、衝動的に手を伸ばして彼の背中に腕を回す。合わさった胸からアルベルトの鼓動が伝わり、強い力で抱きしめられた。

「あ……アルベルト……」

「真樹……少し痛いかもしれない」

両膝をアルベルトの手が割り開いた。正常位のまま、熱く滾《たぎ》った先端が後孔にあてがわれ、屹立《きつりつ》した雄《おす》がぐっと中に侵入してきた。

「あっ、あっ、あっ……や、う……っ、あ、ああーっ」

狭孔を広げられる感覚は指とは比べものにならないほど大きい。腹部が彼の分身でいっぱいに埋め尽くされる感覚に背中が反り返り、全身が震えて熱い息が漏れる。

「アル……べ……トッ……あぁっ……んんっ……」

ゆっくりと奥を穿《うが》つように腰を進めながら、アルベルトは真樹の唇に激しく吸いつき、口づけを深める。

初めての経験に震えている真樹を抱きしめながら、アルベルトはゆっくりと腰を進める。

「くっ……あ、あ、あ……っ、んんっ……」

「痛むのか？」

心配そうに見つめられて真樹は涙目のまま首を横に振る。

灼熱の欲望が最奥まで達し、思わず真樹の目から涙がぽろりとこぼれ落ちた。

「んっ……あっ……う……っ」

「真樹、大丈夫か?」

アルベルトの驚いたような声が耳元で聞こえる。

「へ、平気です……うれしくて……」

彼は真樹の涙を指先で拭《ぬぐ》うと、優しく両方の瞼に口づけた。

「真樹、動いてもいいか?」

「はい……」

小さく答えると、彼は腰を動かしはじめた。

下からゆっくりと突き上げるような動きに、甘く強い痺れが湧き上がってくる。

「……あ、あぁ……あっ……」

真樹の口から喘ぎ声が漏れると、彼の腰遣いが速まり、一層激しさを増していく。

「……ぁあっ! んんぅ……っ、あぁっ……あっ……ふぁ……っ……」

前後に擦られ、揺すり上げられて視界がぶれる。

彼の肩に手を伸ばし、逞しい身体に抱きつくと、荒い呼吸のまま彼は大きく腰を動かし、一番感じる場所を抉るように突き上げた。

「ひっ……くっ……あ……やっ……あぁっ……だ、め……っ」

硬い彼の灼熱に擦られ、結合部分から淫らな水音が途切れることなく聞こえてくる。

「こんなに俺を締めつけているのに、ダメなんて言わないでくれ」

艶めかしい美貌で囁かれて、眦に涙が浮かび、繋がっている下腹部から熱い快感が迫り上がってきた。

「ああっ……、あ……っ、アルベルト……っ」

「お前の中……熱くて……狭くて……どうにかなりそうだ……」

熱っぽく囁かれ、肉棒でかき混ぜられる強すぎる刺激に腰が跳ね上がる。

初めて感じる濃厚な快感に呼吸を忘れ、真樹の勃ち上がった屹立が弾けそうに疼いた。

「はぁ……はぁっ……あっ、あっ……」

ぎりぎりまで引き抜いた彼の欲望が狭い肉筒に深く突き刺さり、真樹の背中が大きく反り返る。

彼は小刻みに奥を突きながら、同時に蜜をこぼしている真樹の欲望を手で包み込むように握り愛撫する。

「ううっ……あぁ……んっ、あ、あ、あ……っ」

今にも弾けてしまいそうな雄が彼の手の中でドクドクと脈打ち、同時に腰を突き上げるようにして媚肉《びにく》を大きく掻き回される。喉を逸らして喘ぐ真樹は、額にびっしりと玉の汗を浮かべ、全身の肌が粟立っていた。

「あああっ……くっ……ぁっ……あっ……んっ」

激しい揺さぶりにシーツを掴んで首を左右に振ると、アルベルトが心配そうに真樹の顔をのぞき込み、大きな手が優しく頬を撫でた。

「大丈夫か？　俺の血を飲め、真樹」

彼の声に誘われるまま、真樹は彼の首筋に牙を埋め込ませ、血を吸い上げる。

その間にも、アルベルトは硬くて逞しい欲望で真樹の中を穿《うが》ち続ける。媚肉が擦れ合いながら結合が深まっていく感覚に全身が震え、思わず首筋から口を離して身体を仰け反らせて大きく喘いだ。

「んっ……うぅ……っ……もっ……いく……あ、あ……っ」

「くっ、そんな声を出すな、真樹……お前は本当に可愛い」

眦に涙を浮かべた真樹を強く抱きしめ、アルベルトはさらに激しく腰を打ちつける。最奥を割り開くように穿たれて、真樹の身体がビクビクと跳ね上がった。

さらに波打つ真樹の身体の上から覆いかぶさるようにして、腰を入れたアルベルトが根元まで欲望を埋めきり、敏感な粘膜を一気に熱い男根で深くまで擦り上げる。

「あ、あ、あ――っ！　んぁ、んんっ……」

激しい抽送に嬌声《きょうせい》が漏れた直後、真樹は深い快楽に我慢できずに彼の手の中に白濁《はくだく》を放った。頭の中が真っ白になっていく。

「……達した時のお前の顔、可愛すぎるな。俺だけが知っている顔だ……」

「はぁっ……はぁっ……あ、アルベ……ト……」

目の前が白く翳《かす》み、夢中で彼の背中に腕を回す。真樹の絶頂に引きずられるように、腰を打ちつけていたアルベルトの動きがさらに速まり、脈打つ欲望が肉襞を強く突き上げた。

「……あ……や……っ、またっ……い、く……っ……」

激しい彼の腰の動きに翻弄《ほんろう》されて、背中が弓なりに反り返る。真樹の達したばかりの欲望が彼の大きな手の中で再び勃ち上がり、耐え切れずにビクビクと痙攣しながら再び吐精《とせい》してしまう。

「ああっ……あぅ……んっ、ん……」

「……くっ……真樹……っ」

苦し気《げ》な呻き声と共に、アルベルトの屹立が真樹の最奥まで達し、狭道を激しく突き上げると同時に、膨張させていたものを爆発させた。

「あぅっ、あ、熱い……中に……っ」

ひくひくと痙攣する最奥に熱い飛沫《しぶき》をたっぷりと注ぎ込まれ、粘膜が焼かれるような感覚に身を捩る。吐精しても大きさと硬さを維持している男根が抜き取られると、結合部分から白濁が流れ落ち、そのぬるついた感覚に背中が粟立った。

「はぁ、はぁ……あ、あ……っ……」

びくびくと余韻に震える真樹の細く華奢な身体を、アルベルトが折れそうなほど強く抱きしめた。汗と涙に濡れた真樹の頬にアルベルトの頬が重なる。

「真樹……」

切ない声で名を呼ばれ、喘ぎながら彼の方を見つめると、覆いかぶさるようにしてアルベルトが首筋に噛みついてきた。

「ひぅ……あ、あ、ああぁっ……！」

ぐっと全身の血が沸騰するような感覚が突き抜け、血を吸われながら、強烈な快感が電流のように突き抜ける。続けてビクン、ビクンと身体が波打ち身体が熱く疼いてしまう。

（あ……気持ちいい……彼に血を吸われるって……ゾクゾクするほど、気持ちいい……）

小刻みに身体を震わせる真樹に、彼は小さく笑って首筋の牙を抜き、傷跡を舌で舐め上げた。

「んっ……ふ……あっ」

ぬるりとした舌に敏感な傷跡をなぞられ、深い愉悦に包まれながら息も絶え絶えになって彼に身を任せていると、彼は腹筋で身体を起こし、甘く囁いた。

「真樹、大丈夫か？」

「はあっ、はあっ……だ、大丈夫です……」

「もっとお前を抱きたい。このままもう一度俺を受け入れてくれ」

「……っ」

呆然と彼の美貌を見つめていると、そのまま腰を持ち上げられた。くるりとうつぶせにして押し倒されて、真樹は動転する。

「あ、アルベルト……っ」

「真樹、もうこんなに濡らしているのか……お前は本当に感度がいい」

彼の手が真樹の欲望の先端に触れた瞬間、ぬちゅぬちゅと淫らな音が響いた。カッと耳まで赤くなりながら身をよじった直後、灼熱の塊が再び後孔に押し当てられる。

先ほど射精したばかりなのに、これ以上ないほど張りつめた彼の男根の熱さと大きさに思わず息を呑む。次の瞬間、重量のある先端が狭い孔を押し広げながら、白濁をローション代わりにして中へと入り込んできた。

「……っあ！　んぅ……っ、ま、待っ……アッ、アッ、アッ……」

何度も達して蕩けきった身体を押し開かれ、真樹の華奢な身体がのた打つ。

その場に倒れてしまいそうな真樹を支えながら、アルベルトは自身の大きな灼熱を深くまで呑み込ませていく。

「はぁっ……ぅっ、くっ、あ……っ」

彼の大きな手で前の屹立をしごくように擦られ、最奥を硬さと大きさを増大させた彼の欲望で突き上げられて、全身を鋭い快感が駆け抜けていく。

「んぅ……あ……、あッ、あッ、あッ！」

「真樹……」

彼の熱い声にビクビクと背中が反り返り、さらに身体中の体温が上昇する。下肢から甘い痺れの波が湧き上がり、全身体が小さく震えるのを止められない。

「お前は本当に可愛い。それに敏感に反応する身体も……」

囁かれて、頬が燃えるように熱くなる。

彼は腰を掴んで欲望を引き抜き、勢いよく身体の奥まで荒々しい動きで突き上げていく。うねる蜜道をこすり上げられ、激しく腰を押しまわされて、グチュッ、ヌチュッ、と淫らな音が二人の結合部分から響く。

「ああっ……んんっ……う……っ……」

「くぅっ、お前が俺を締めつけて……真樹……っ」

彼の切な気な声に、胸が締めつけられ、立て続けに激しく突かれて、シーツを掴んだまま頭を小さく揺する。

「はぁ……あ、あぁぁ……っ……んっ、んっ……っ」

頭の中まで揺さぶられるような激しい律動と、腰が砕けそうなほど強い穿ちに掻き回されて、意識が白く翳んでしまい、真樹は感極《かんきわ》まって白い喉を震わせて仰け反った。

その瞬間、強い愉悦が身体を駆け抜け、彼の手の中に吐精していた。

「ああっ！　ああああーーっ、……くぅっ……んんんっ……」

「達したのか……？　俺ももう限界だ」

「はぁっ、はぁっ、はぁっ……、あっ、アルベ……、もっ、もう……」

「もう一度お前の中に注ぎたい。もう少し我慢してくれ」

「も……、もう……、無理……です……。身体が……壊れちゃう……っ」

「絶対に壊したりしない……真樹、身体が強張っている。力を抜いてくれ」

達したばかりで、まだ熱を帯びてヒクヒクと痙攣する後孔の中を彼の剛直が大きく突き上げ、擦り上げていく。身体が火を点けられたように熱くなり、頭の中が混沌として、思考のすべてが吹き飛んでしまう。

「ンンッ、くぅっ！　あぁっ……う……っ……あッ、あッ、あッ……」

つながった腰から、ズチュッと大きく膨れ上がった肉棒が最奥をグリグリと押しまわした。真樹は迫り上がってくる甘い快感に喘ぎを洩らしながら、目を潤ませる。

「真樹……真樹……」

アルベルトの脈打つ欲望がさらに大きさと固さを増した時、真樹の中に再び熱く激しい白濁が深くまで注ぎ込まれた。

「はぁっ！　い、く……っ、んんっ……く……っ、あああぁぁ……っ！」

同時に何度目かわからない絶頂を迎えた真樹は全身の力が抜け、成す術《すべ》もなくベッドの上でぐったりと身体を弛緩《しかん》させる。

「真樹……大丈夫か？」

「アルベルト……」

いつの間にか、窓の外は漆黒の闇に変わっていた。夜空には美しい星々が煌めいている。

体内に熱い飛沫をたっぷりと注がれ、声が枯れるほど喘がされて、立ち上がることができない真樹は、彼にそっと抱き上げられてバスルームに連れて行かれた。

そこで一緒に湯船に浸かり、アルベルトは優しい香りのボディソープと熱いシャワーで身体を洗ってくれた。

バスローブに身を包み、アルベルトの腕に抱かれるようにして、寝室の奥にある別のキングサイズのベッドに横になる。すぐ近くにある深緑色の瞳を見つめ、真樹は小さく彼の名を呼んだ。

「アルベルト……」

彼は優しい微笑みを浮かべて、真樹の濡れた黒髪を大きな手で撫でた。

「真樹、大丈夫か？　無理をさせてすまなかった」

優しい声とともに額に熱が落とされ、真樹は目を閉じた。ヴァンパイアへ転生したことへの不安が、彼の暖かな温もりに包まれて溶けていく。

（僕は、アルベルトのことが好きだ。愛している……）

真樹は自分を彼とめぐり合わせてくれた運命に感謝しながら、ゆっくりと眠りの中へ落ちていった。


どのくらい眠っただろうか。話し声が聞こえて、真樹は目を覚ました。

（アルベルトの声……？）

部屋の明かりは落とされているが、ヴァンパイアに転生した真樹は視力、聴力ともに人間の頃よりも格段に鋭くなっていて、スイートルームを見渡して、キングサイズのベッドで一緒に寝ていたはずのアルベルトの姿が室内にないことに気づいた。

ベッドサイドの時計を確認すると三時半だ。こんな時間にどこに行ったのだろうと不安になり、真樹はそっとベッドから起き上がった。話し声が聞こえてきたのは隣室だ。

彼が着せてくれたバスローブ姿のまま内扉に近づくと、ドアを数センチだけ、そっと押し開ける。隣室の照明が眩《まぶ》しすぎて、少し目を閉じた後、ゆるゆると睨むように目を開く。

ドアの影から、アルベルトとハスラーが向かい合って話している姿が見える。ハスラーは目の覚めるような黄色のパジャマ姿で、アルベルトは水色のシャツにネイビー色のスラックスでどこかへ出かけようとしているようだった。

真樹がこのままドアを全部開けて、部屋の中に入ってアルベルト達の話しに加わろうとした瞬間、ハスラーの声が聞こえてきて動きを止めた。

「……お待ちください、アルベルト様。真樹さんが起きるまで、おそばについてあげた方がよろしいかと」

自分の名前が出てきたので、思わずドキンと肩が揺れて、ドアの隙間から二人の様子をそっと見つめた。アルベルトの横顔が見え、静かな声音が聞こえる。

「真樹のことなら心配ない。転生はうまくいった。今もよく眠っているし、大丈夫だ」

「アルベルト様……僭越ながら申し上げます。転生したばかりは安静が一番でございますので、あまり真樹さんに無理をさせない方が……た、例えば……たっ、例えばでございますよ？　は、激しく契《ちぎ》りを交わしたりするのは、その、真樹さんのお身体に大変な負荷《ふか》がかかると……」

「ハスラー、お前……」

驚いているアルベルトを見て、ハスラーはカーッと耳まで真っ赤になり、あわてて首を横に振った。

「も、申し訳ございません。き、聞こえてしまったのでございます！　あ、ルーク様はぐっすりとお休みされていましたので、どうぞご安心くださいませ。私も寝ていたのですが、お二人の声で……最初は喧嘩《けんか》かと思い飛び起きました。そして止めようとドアに近づきましたら……！　昨夜は私、内扉の向こうで悶絶して……いえ、案じておりました」

「声が聞こえたのか……」

眉根を寄せて絶句するアルベルトの端整な横顔を見つめながら、真樹の胸は羞恥でバクバクと乱れた。

（ま、まさか……ハスラーさんに、声を聞かれていたなんて）

恥ずかしくて息が止まり、しばらく呆然と立ち尽くしていた真樹は、ハスラーの弾んだ声が聞こえて我に返った。

「いやぁ、おめでたいことでございます！　アルベルト様が真樹さんの記憶を消すのを嫌がった時から、いつかはこうなるという予感がしておりました。大変嬉しいことでございます。しかし真樹さんにとっては初めてのご経験だったわけですし、転生したばかりで色々と不安もおありでしょう。これは人間界で言う初夜でございますから、目覚めた花嫁に優しいキスをしてあげてくださいね」

「ハスラー」

　低いアルベルトの言葉が、興奮しているハスラーを遮った。

「とにかく、今は急いでいる。なるべく早く戻るようにする」

　小さく息を吐き、アルベルトはクローゼットを開けてジャケットを取り出し、素早く羽織ると、ポケットの中にスマホや地図を入れる。

「お、お待ちください。先ほど少数派が問題を起こしたと連絡がありましたが、まさか鎮圧に……？　アルベルト様は少数派が問題を起こしたと聞くと、すぐに現場に向かおうとなさいます。現地の協調派に任せておけばよろしいのに、何とかしてライアンを助けようとなさるのですね……。しかし、今日だけはライアンよりも真樹さんのおそばについてあげてください」

　お願いします、と頭を下げるハスラーに、アルベルトは低い声で呟いた。

「……放っておくとライアンは何をしでかすかわからない」

「アルベルト様っ、目を覚ました時の真樹さんのお気持ちをお考えください。初めて交わりを持ったというのに、寝ている間にいなくなってしまっては、どれほど寂しい思いをなさるか。どうか真樹さんを大切にしてあげてください。このままではせっかく恋人同士になれたお二人の気持ちが、遠ざかってしまいます」

「恋人同士？　誤解するな。吸血行為は性的興奮が高まる。真樹は初めての経験だったので、そうした欲求を制御できずにいた。だから鎮めるために抱いた。それだけだ」

「……っ」

ガツンと後頭部を殴られたような衝撃が走り、真樹は呆然となった。

（彼が僕を抱いたのは、興奮を鎮めるためだったの……？）

足元がぐらぐらと揺れて、夢を見ているような感覚に陥る。停止した思考を懸命に動かそうとしていると、ハスラーの慌てた声が耳朶を打った。

「し、しかし……アルベルト様ともあろう方が、お気持ちもないのに、あのような激しい契りを結ばれるとは……このハスラー、長い間アルベルト様に執事としてお仕えしてまいりましたが、信じられませぬ。真樹さんをおそばに置きたいから、ヴァンパイアに転生させたのではないのですか？」

ハスラーが珍しく強い口調でアルベルトに詰め寄っている。しかしアルベルトは落ち着いた声で平然と言い返した。

「……ルークが真樹を気に入っているから転生させた。それに性的興奮を抑えられない様子だから抱いた。それのどこが悪い？」

ひやり、と頭上から冷水を浴びたような感覚に、真樹は息を呑んだ。ぐらりと眩暈がして、壁にそっと手を着く。膝から崩れ落ちそうになる足を叱咤《しった》し、薄暗い部屋の中から、細く開いたドアの明るい光をぼんやりと見つめる。

「そ、そのようなお言葉はあまりにひどうございます。真樹さんはアルベルト様のことを心からお慕《した》いされています。誰よりも特別な存在で、最も信頼なさっておられるのでございますよ？　それなのに……」

片手を上げてハスラーを制したアルベルトは、意外そうな表情で尋ねた。

「……真樹が俺を慕っているというのは、本人がお前に話したのか？」

ハスラーは首を横に振った。

「いいえ、私の憶測《おくそく》でございます。しかし、素直な方ですので、見ていればわかります。どうか、真樹さんの気持ちを踏みにじらないでくださいませ。それにアルベルト様は……」

言葉尻を奪うように、アルベルトが冷たく言い放つ。

「ハスラー、俺は行かねばならない。追放者になったからといって、ライアンを見捨てることはできない。――真樹は大丈夫だと思うが、なるべく早く戻るようにする」

窓を開けて身を乗り出し、アルベルトは窓枠を蹴ると鳥のように飛び降りた。そのまま高層ビルの屋上伝いに駆けて行き、あっという間に姿が見えなくなる。

真樹は全身の熱が一気に引いていくのを感じて目を閉じた。

（アルベルト……）

ズキズキと痛む胸を押さえて、真樹はそっとドアを閉めた。のろのろとベッドへ向かい、キングサイズのベッドに潜り込むと、頭まですっぽりと布団をかぶった。

気づかなければよかった。途中で目が覚めなければ、アルベルトの本当の気持ちを知らずに済んだ。そう思う自分を戒めるようにブンブンと首を横に振る。

（ううん、本気でアルベルトを好きになる前に気づいて、よかったんだ）

真樹の瞳から涙がこぼれ落ちて、慌てて枕に顔を埋める。

（泣くな……泣くな……）

ひとりぼっちの主寝室は音が消えた世界のように沈黙している。

「……っ……ぅっ……」

堪え切れずに、真樹は小さな子どものように身体を丸めて声を殺してひっそりと泣いた。

＊　＊　＊

その夜は眠ることができずに、真樹は広すぎるベッドの端で膝を抱えたまま、じっとアルベルトのことを考えていた。夜明けまで待ったけれど、彼はやはり戻ってこなかった。

真樹はゆっくりと起き上がり、クローゼットを開けた。その中から白色のシャツとジーンズという、一番ラフそうなアルベルトの服を借りることにする。

身支度を整えてコネクトルームの内扉を開けようとした真樹は、ヴァンパイアに転生してから鋭くなった感覚で、血の匂いと人の気配を感じた。

（アルベルトが戻ってきている……？）

ドクンと心臓が跳ね上がり、思わず血の匂いがする方へと歩み寄る。

コネクトルームの奥にさらにドアを見つけて、真樹はきゅっと唇を噛みしめた。

中からアルベルトの血の匂いがしている。戸惑いながらドアをそっと押し開けると、ひんやりとした風が真樹の頬を撫でた。細く開けたドアから室内が見えた瞬間、真樹は息を呑んだ。

アルベルトはひとりではなかった。腰のあたりまである絹糸のように美しく長いプラチナブロンドの女性をベッドに寝かせているところで、青白い夜明けの光がアルベルトと、ベッドの上の真っ白なガウンを羽織った美女をスポットライトのように包み込んでいる。

（だ、誰……？）

息が止まり、ドクリと真樹の胸の鼓動が大きく脈打つ。

アルベルトは心配そうな眼差しで彼女を見つめ、長い金髪を優しく撫でている。

「……」

一瞬で頭の中が真っ白になった。心臓がぎゅっと締めつけられ、真樹は思わずそっとドアを閉める。

足音を立てないように寝室へ戻ると、ベッドの中に潜り込み、固く目をつむる。

（あの人は誰……？　まさか、アルベルトに……恋人が……？）

結婚していないと彼は言った。けれど恋人については何も言わなかった。

「アルベルト……」

小さく呟いた途端、ズキンと胸が疼いた。

彼は吸血行為中に発情してしまった僕を鎮めるために抱いただけだと言った。実際、昨夜抱かれている時に、彼から一度も「好きだ」「愛している」といった言葉はかけてもらえなかった。

「ふ……っ」

転生させてくれた理由を尋ねた時、はっきりと本人の口からルークのためだと言われた。それに昨夜、恋愛感情はないとはっきり彼が言うのを聞いている。それなのに恋人がいると知っただけで信じられないほどショックを受けている自分に小さく息を吐く。

今まで何も知らないまま、のぼせ上がっていた自分が情けない。切なさと悲しみが胸の中に広がり、針で刺されるように胸がチクチクと痛む。

（これ以上、彼を好きになってはいけない……）

唇を噛みしめ、起き上がった真樹は、重厚なビロード生地のカーテンを開け、薄明に照らされながら青みがかった空を見つめる。

ふいに背後で小さくドアが開く音が聞こえ、ゆっくりとアルベルトが近づいてきた。

エメラルドグリーンの瞳と金髪が僅かな光を反射して幻想的に煌めいている。窓際に立つ真樹の隣まで近づいてきたアルベルトが静かに尋ねた。

「起きていたのか？」

「はい、おはようございます」

視線を泳がせながら小さく挨拶すると、彼の瞳が細められた。

「……身体の具合はどうだ？　お前が起きる前に戻る予定だったが、思ったより時間がかかってしまった。すまない」

　アルベルトの謝罪の言葉に心臓が小さく跳ねる。

「僕は大丈夫です。アルベルトの方こそ、お怪我をされているようですが、大丈夫ですか？」

「ああ、大丈夫だ。かなり手間取ったが、少数派のリーダー・ジェイコブが捕まった。その時点で少数派は鎮圧された。協調派の勝利だ。次回のヴァンパイア行政会議で彼らの刑罰を論議することになる」

　淡々と話している彼の身体からは、まだ血の匂いがしている。おそらく大変な苦労があったのだろう。

「真樹……？　顔色が悪い。体調が悪いのなら遠慮せずに言ってくれ」

　アルベルトの優しい声に、ビクンと肩が揺れる。思わずぎゅっと唇を噛みしめ、彼の目を見ないようにして一気に告げた。

「すみません。僕はホテルを辞めます。それで、岡山の田舎に帰りたいと思っています」

「……辞める……？　理由は……？」

　アルベルトの端整な顔が強張り、たじろぎながらかすれた声で尋ねるのを見て、真樹の胸がジンジンと痛んだ。

昨夜、彼の言葉を聞いてから、ずっと考えていた。本気になればなるほど苦しくなるとわかっていても、これ以上そばにいると僕はもっと彼を好きになってしまう。真樹はぎゅっと、色が白く変わるほど拳を強く握りしめ、その熱にせかされるように早口で続けた。

「僕……家族と一緒に過ごしたいんです。後十年くらいしかそばにいられません。だから親孝行とお祖父ちゃん孝行をして、兄弟たちを可愛がってやりたい……」

「仕事を辞めて、田舎の家族の元へ帰り、一緒に過ごしたい、と？」

アルベルトが衝撃を受けたようにたじろぎ、深緑色の目が大きく見開かれて、じっと真樹を見つめている。いつもと違い、彼は驚きを隠そうとしなかった。真樹の胸がズキズキと痛む。

「はい……ルークには定期的に会いたいと思っています」

「……」

英国でもどこでも、ルークに会いに行く覚悟でいる。真樹自身、素直で天真爛漫《てんしんらんまん》なルークのことが可愛くて仕方がない。これからもずっと、あの子の成長を見守りたい。それに、アルベルトがせっかくルークのためにと、自分のような何もできない人間を転生させてくれた。その気持ちに応えたかった。

「真樹」

名を呼ばれ、深緑色の瞳と目が合った途端、彼に抱かれた昨夜の記憶が蘇り、真樹の背筋が小さく震えた。

彼の優しい眼差しも、熱い口づけも、激しい抱擁も夢のようで、何もかもが生々しいほど甘くて、蕩けてしまいそうな記憶にぎゅっと胸が締めつけられる。

(ダメだ、思い出すな……！　あれは吸血行為で興奮した僕を鎮めるための行為だった。それなのに、嬌声を上げて、夢中になって……僕は……)

昨夜、彼の本音を聞いてから、寝ずに考えて出した答えだった。これ以上彼のそばにいてはいけない。自分一人が舞い上がり、些細《ささい》なことに一喜一憂《いっきいちゆう》して期待してしまう前に。みっともなくアルベルトに執着してしまう前に。ライアンや先ほどの美女に対して醜《みにく》く嫉妬してしまう前に。僕は、彼のそばを離れるべきだ。

「昨夜はそんなことは言ってなかったのに、急にどうした？」

彼はじっとこちらを見つめている。その熱を帯びた眼差しを受け止めた瞬間、昨夜の彼の冷たい言葉が蘇り、暗闇の中へ落ちていく感覚と共に心臓が嫌な音を立てた。

——ルークが真樹を気に入っているから転生させた。性的興奮を抑えられない様子だから抱いた。それのどこが悪い？

彼が言ったことは間違っていないのに、胸がヒリヒリと痛み、握りしめていた拳が小さく震える。

「真樹？」

伸ばされた彼の手が頬に触れる。そのまま優しく撫でられて、全身が熱くなった。

（彼には特別な気持ちはない。誤解してはダメだ……！）

「――触らないでください……っ」

これ以上みじめになりたくなくて、気がつくと冷たい言葉とともに、彼の手を振り払っていた。

「真樹……？」

大きく目を見開き、アルベルトが端正な顔を歪ませて後ずさる。初めて見せる彼の傷ついた表情に、真樹の胸は鋭利な刃物で抉られたように痛んだ。

「……っ、す、すみません。僕……」

思わず頭を下げて、唇を噛みしめる。

アルベルトが動揺を見せたのは一瞬だった。真樹の謝罪を聞くと、彼はすぐにいつものように口元を引き締めた表情の読めない、それでいて見惚れるほど美しい顔で低く呟いた。

「……そうだな確かに、不老不死になったヴァンパイアは、家族と一緒に過ごせる時間はそう長くはない。真樹が家族のそばにいたいという気持ちもわかる。ルークに会いに来てくれるのであれば、俺は何も言うことはない」

突き放すようなアルベルトの言葉に思わず彼を見上げた。目が合うと、アルベルトの方からおもむろに視線を逸らされた。そんなことは初めてだったので、心臓がドクンと嫌な音を立てる。

(僕……嫌われた……? ううん、これでいいんだ。これで……)

転生させてもらったのに、何の恩返しもできないまま田舎で家族と暮らしたいと言えば、彼が怒るのは当然だ。その上、怒りに任せて彼の手を振り払ってしまったのだから、嫌われてしまったのかもしれない。

ズキズキと胸が潰れそうに痛くなり、目頭が熱くなる。アルベルトは真樹を真っ直ぐに見つめて告げる。

「転生後二十四時間が経つと、ほかのヴァンパイアの血を飲んでも大丈夫になる。岡山付近に住んでいるヴァンパイアを探して連絡を取っておく。おそらく仕事とかの紹介もしてくれるだろう。彼らとうまくやっていくといい」

今までになく、冷たさを含んだアルベルトの言葉が切なかった。胸を切りつけられたような痛みを呑み込み、息を吸って背筋を伸ばした。

「……ありがとうございます。転生していただいたことは忘れません。これからもルークに会いにきますし、ホテル・ウィンザーのために微力ながら努力したいと思います。いろいろとお世話になりました」

深々と頭を下げる真樹を、アルベルトは肩越しに振り向いて見つめた。

「……別に、お前から何度も礼を言われるようなことはしていない」

感情のない声で吐き捨てるように呟くアルベルトに、頭上から冷水を浴びたような感覚に陥る。

それ以上は何も言わず、アルベルトは踵《きびす》を返して内扉を開けると部屋から出て行った。

彼に声をかけるタイミングを逃した真樹は、呆然と彼の背中を見送り、ヒリヒリと痛む胸を押さえる。

（これで僕はもう、アルベルトにとって用済みだ……）

心の中で呟いた直後、疼痛《とうつう》に耐えきれずベッドに横になり、真樹は小さく息を吐く。昨夜、アルベルトの言葉を聞いてから、一睡《いっすい》もできなかったこともあり、目を閉じるとそのまま意識を失うように眠りについた。

＊　＊　＊

「真樹さん、目が覚めましたか？」

ハスラーの声が聞こえ、窓から差し込む陽射しに右手をかざしながら、真樹は慌ててベッドから起き上がる。

（僕、あれから寝てしまったんだ）

「おはようございます、あの、アルベルトは……？」

カーテンを開けながらハスラーが振り返って優しく微笑んだ。

「おはようございます、真樹さん。ゴホゴホ……し、失礼しました。アルベルト様は……シャワーを浴びてお仕事に行かれました。仕事熱心な方ですので、私はお止めしたのですが……ゴホッ、真樹さんの体調はどうでございますか？　ブホッ、ゴホッ」

真樹は自分の体調よりもむしろ咳が出ているハスラーの方が心配で尋ねた。

「ハスラーさん、ご心配をおかけしました。僕は大丈夫です。あの、風邪ですか？」

「ゴホッ、ゴホッ、申し訳ありません。昨夜、夜更《よふ》かしいたしまして、自業自得でございますので……」

ふいに小さな足音が聞こえ、パジャマ姿のルークが内扉を開け、満面の笑みで部屋に飛び込んで来た。

「ましゃきー、ハスラー、おあよー」

「おおっ、ルーク様、ッゴホ、ゴホ……お、おはようございます。今朝もなんとお可愛らしい……！」

ハスラーがルークを抱き上げて頬ずりしようとすると、くふくふと可愛い声で笑いながら、ルークは小さな身体を捩って押しのけようとする。

「くしゅぐっちゃい。ハスラー、やめてー」

「堪《たま》りませんなぁ！　ああ、ルーク様のお可愛らしさといったら……！　はっ、風邪をうつしてはいけませぬ。私としてことが……」

慌ててハスラーが拘束を緩める。ルークはてててっと駆け寄り、小さな両手でぎゅっと真樹の足にしがみついた。

「ましゃき、てんしぇー、おあった？　イタイない？」

まだ転生の意味を理解していないと思うのに、心配そうに赤い瞳を瞬かせて見上げているルークが愛しくて、やわらかな金髪を優しく撫でる。

「ありがとう、ルーク、心配してくれたんだね。僕は大丈夫だよ」

「よかった……！　ましゃき、だーいしゅきっ。あっこちてー」

小さな手をこちらに向けて伸ばすルークをよいしょと言って抱き上げると、真樹の首に小さな両手が回されて、ルークは満面の笑顔で笑った。

「さあルーク様、いつまでパジャマ姿でいるおつもりですか？　お着替えいたしますよー」

ハスラーがクローゼットの中からルークの私服を持ってきた。可愛いオレンジ色のカットソーとネイビーのズボンをルークに差し出す。

「るーく、じぶんでできゆ」

するすると真樹の腕の中から下りたルークは、ちょこんと座り、パジャマのボタンを小さな指で外す。その様子にハスラーが目を輝かせた。

「おおっ、ボタンを上手に外せるとは、さすがウィンザー家のご長男でございます。すばらしいですよー」

ハスラーに褒められて、ルークは嬉しそうに笑ってズボンを受け取る。

「みてっ、るーく、ズボンはくー」

ぺたんとお尻をつけて座り直すと、ハスラーが用意したネイビーのズボンに足を入れる。ズボンの片方の足に両足を入れて、小首を傾げる。

「おかちい……」

小さく呟いて、もう一度脱ぐと、今度はちゃんと足をそれぞれ入れることができた。

「なんと……！　さすがでございますなぁ！　ああ、ルーク様のお着替えしているご様子もなんとお可愛らしい！」

堪らずにむぎゅっとルークを抱きしめるハスラーに、ルークは「もー、やめてー」と小さな両手をじたばたさせながら、ふと室内を見渡して尋ねた。

「あれ、パパは？　おちごと？」

「ええ、アルベルト様はお仕事でございますよー。はっ、私としたことが、また……。お風邪をうつしてはいけませぬ。ルーク様、失礼をいたし……ゴホッ、ゴホッ」

「ハスラー、だいどーぶ？」

「ありがとうございます。ハッ、そうだ。マスクをつければいいのです。これでよし、と」

マスクをつけたハスラーがルークに優しく話しかける。

「ところでルーク様、ホテル・ウィンザー二十階にあるキッズ用プレイルームで、このハスラーと遊ぶというのはどうでございましょう？」

ルークの顔がパァッと輝いた。

「わぁ、いくー。ましゃきも、いっと？」

「ルーク様、申し訳ありませんが、真樹さんはご用事がございます」

「んっ……わあった」

「おおっ、さすがルーク様でございます」

真樹は小声でハスラーに相談する。

「ハスラーさんは風邪をひかれているので、僕がルークと遊んできましょうか?」

首を横に振ったハスラーがウインクして、含み笑いで真樹に耳打ちする。

「アルベルト様から、真樹さんを安静にさせておくようにと、お仕事に行く前に言付《ことづ》かっております」

「アルベルトが?」

僕のことを心配してくれている……胸が小さく跳ねた。

(アルベルトは優しいから、気遣ってくれているだけなのに……)

心の中で呟いて、出かけるルークとハスラーを見送る。

「楽しんでおいで、ルーク。ハスラーさん、お気をつけて」

「はーい。真樹さんも、無理をしてはいけません。ゆっくりと寝てくださいよー」

「ましゃき、いてきましゅ」

首から防犯ブザー付の携帯電話を下げたルークが、ハスラーと手を繋いで元気よく部屋を出て行った。

ホテルの廊下に出て手を振って見送った真樹は、後ろ姿が見えなくなると部屋に戻る。

(田舎に帰ることを、ルークとハスラーさんに言えなかった……)

寝室のベッドに横になり、ため息を吐いて目を閉じる。

眠れないだろうと思いながら、いつの間にかうとうとしかけた真樹は、ゴッと大きな音を聞いて飛び起きた。

(いったい何の音?)

内扉を開けると、蹴破られたドアから、黒髪に真紅の瞳を持つ二メートル近い長身のライアンがズカズカと室内に入ってくるのが見えた。

「ライアン……!」

小数派が鎮圧されたばかりで、まさかライアンが部屋に現れると思ってなかった真樹は、こくりと息を呑む。アルベルトと互角に渡り合う力を持つ彼に自分が敵うとは思えず身構えると、協調派との戦闘で背中と左腕に怪我を負っている彼は自己治癒中のようで以前のような剣呑《けんのん》なオーラは感じられず、真樹は小さく息を吐いた。黒シャツに黒スラックスのライアンの服は所々破れて血で汚れ、皮膚に薄い膜ができて傷口を止血している。

「よお、真樹だったな。また会ったな」

「すごい怪我……」

不遜な男が血まみれになっている姿に驚いていると、赤色の双眸を細めて、口元に笑みを浮かべたライアンが室内を見渡して真樹に話しかけた。

「アルベルトは仕事に行ったのか？」

「……」

「無視すんなよ。おい、ハスラーはどうした？　羊だか執事だか知らねぇが、いつもルークにくっついているアイツがいねぇってことは、ルークもいねーのか」

「……ルークを巻き込まないで……！」

おそらくライアンは少数派が鎮圧されたことで絶望的になり、ルークを人質にアルベルトを脅して現状を打破しようと考えたのだろう。ルークが部屋にいなくてよかったと真樹は心の中で安堵しながら、ライアンを見据えて右手を伸ばす。まだ試したことはないけれど、今は自分で自分の身を守らなくてはいけない。

指先に意識を集中させる。ピリッと大気が動くのを感じた直後、ライアンがヒューッと低く口笛を吹いた。

「ほう……お前、もしかしてヴァンパイアに転生したのか？　でも止めておけ。お前じゃあ俺には勝てねぇよ」

口角を上げて笑いながら、修復中の左腕を右手で撫でるライアンを睨むように見つめる。

「そんなひどい怪我をしているのに、何の用？　まだルークを誘拐して、アルベルトに掟を変えるように脅迫しようとしているの？」

「その通りだ。俺は絶対に諦めねぇ。確かに少数派は鎮圧されたが、俺ひとりでも人間を全滅させてやる」

「……どうしてそんなに人間を嫌うの？」

思わず呟くように訊いていた。ライアンは生粋のヴァンパイアではなく、転生する前は人間だったはずだ、そこまで憎む理由がわからない。

「お前はヴァンパイアに転生した今、人間をどう思う？」

考えたことのない質問が返ってきて、真樹は逡巡した。

「どうって、僕は元人間だし、家族も友達も知り合いもいる。人間が好きだよ」

ライアンはニヤリと笑って、何も答えずに自分の左腕を見つめた。大きく破損した肘から下がじわじわと回復し、元通りに戻るのを無言で見つめている。

少しの間、沈黙が落ちた。ライアンは小さな声でぽつりと呟く。

「人間が好き、か……。サミュエルが同じようなことを言っていた」

「サミュエルさんって？　ライアンが人間を嫌悪するのは、その人が関係しているの？」

その名前を口にしただけで、ライアンの表情が緩んだ。蕩けそうな笑みを浮かべた彼を見て真樹は目を丸くする。

「何も聞いてねぇのか？　サミュエルはアルベルトの弟で、俺のパートナーだ」

「パートナーって？」

「ヴァンパイアは女が極端に少ねぇだろ。だから男同士で結婚したり、子どもを作ったりできるんだが、パートナーとは、そうした永遠の時を一緒に生きると決めた恋人のことだ。人間界の夫婦に近い。それが永遠に続くことになる」

黒髪を掻き上げながら、表情を引き締めてライアンは視線を真樹に向けた。かすれた声で低く告げる。

「驚くかもしれねぇが、ルークは俺とサミュエルの子どもだ」

真樹は弾かれたように肩を揺らせた。目の前の燃えるような紅い瞳を見つめる。

「まさか……」

声が震えた。しかし、ライアンとルークのまったく同じ紅い色の瞳を思い出し、目を大きく見開いたまま真樹はこくりと喉を鳴らした。

「それなら、どうしてルークをアルベルトが育てているの？　サミュエルさんは？」

「……」

再び沈黙が広がり、ため息を吐いたライアンがゆっくりと口を開いた。

「……サミュエルは優しかった。困っている人間を見ると放っておけなくて、よく助けようとしていた。裏切られても利用されても、サミュエルは人間が好きだった。アルベルトの人間好きは、弟のサミュエルの影響も大きいんじゃねぇかと思う。俺達三人は仲が良くて、いつも一緒だった。アルベルトがホテル・ウィンザーのＣＥＯで、俺とサミュエルは幹部として一緒に世界中を回っていたんだ。そして三年前、サミュエルはルークを生んだ。あの頃は本当に幸せだった。でも——」

真紅の瞳を細め、ライアンは息を吐いた。低い声で吐き捨てるように呟く。

「ルークを生んで半年後、サミュエルは、人間に殺された」

「……え……」

思いがけない言葉に真樹は息を呑む。

「倒れていた人間を助けようとしたサミュエルは、そいつに大型ナイフで刺された。窃盗団のグループで、金目当てにホテル・ウィンザー幹部だったサミュエルを狙ったらしい。胸を刺されただけなら、不老不死のヴァンパイアは半日もすれば元通りになる。しかし首を斬り落とされた。サミュエルの血の匂いに、俺は慌てて助けに行ったが、間に合わなかった」

「……っ」

不老不死のヴァンパイアでも唯一、首を斬り落とされると無に帰する……永遠に死んでしまうと言ったアルベルトの言葉を思い出す。

当時のことを思い出したのか、ライアンの顔が青ざめ、苦しそうに歪む。唇をわななかせながらも彼は話し続ける。

「サミュエルを失った後、俺も首を斬って無に帰したいと思った。あいつのいない世界で永遠に生きるなんて考えられねぇ……。しかし首を斬ろうとした俺は、少数派のリーダー、ジェイコブに止められた。ヤツはサミュエルの敵《かたき》を討とう、一緒に人間を全滅させようと言ってくれた。その言葉が俺に生きる意味を与えてくれた」

小さく息を吐き、彼は低い声で言葉を紡ぎ続ける。

「サミュエルの敵さえ討てれば、俺はどうなってもいい。人間を全滅させるために、俺はジェイコブに誘われるまま少数派の仲間になった。ヴァンパイアの大多数を占めているのが協調派だ。そのリーダー的存在がアルベルトだ」

ライアンの紅い瞳に怒りの光が宿り、表情が苦しそうに歪む。

「サミュエルはあいつの弟なのに……アルベルトはそれでも、まだ人間と共存なんてバカなことをぬかしやがる。俺はあいつを信頼していた。人間だった俺を初めて認めてくれ、ヴァンパイアに転生したいという願いをきいてくれた、最も信頼できる友だと思っていた。

だからこそ、サミュエルの死後も人間との共存の姿勢を崩さないあいつが許せない」

ライアンの真紅の瞳が鮮やかさを増し、ぎりっと奥歯を噛みしめている。その苦痛の表情から、アルベルトへの信頼の大きさと共に深い悲しみがあふれている。

「掟を破れば追放者と呼ばれる。ヴァンパイアの組織全体から排除され、追われることになる。そんな俺に子どもを育てることはできない。ルークだけは何の不自由なく大きくなってほしくて、サミュエルの死後、まだ生後半年にも満たなかったルークをアルベルトに託した。あいつにとってルークは血のつながった甥にあたる。サミュエルが残してくれたかけがえのないあの子を任せられるのはあいつしかいなかった……。まったく……一番情けないのは俺だ。アルベルトに絶望しながらも、あいつに頼ってばかりで、ルークを育てることも、サミュエルの敵を討つことさえできねぇ……」

喉からしぼり出すようなライアンの声も、切なそうに歪む表情も初めて見る。彼の悲しみが伝わり、真樹の眦が熱を帯び、思わず唇を噛みしめた。

永遠の時を共に生きていくはずだった最愛のパートナーを失ったライアンの凄まじいまでの悲しみはどれほど深いのだろう。彼の傷は少しも癒えていない。真樹の胸が痛み、ぎゅっと締めつけられた。

少数派が鎮圧されても、一人で人間を全滅させると言ったライアンは、人間を恨むことで、心の中ではサミュエルを護れなかった自分を責め続けながら、ずっと悲しみの中にいる。

そう思うと、思わず真樹の目から涙がこぼれ落ち、ライアンがびくっと肩を揺らした。

「……っ……」

「何だよ？　おい、なんでお前が泣くんだ？　ヴァンパイアになっても、女みてぇな外見とそのバカみてぇにお人好しなところは変わらねーな」

乱暴な口調とは裏腹に、少しだけ頬を緩めたライアンはやわらかな眼差しで真樹を見つめた。

「……ぅ……ぅ……」

何を言っていいのかわからず、唇を噛みしめたまま黙って泣き続ける真樹を見て、ライアンがぽつりと呟いた。

「俺の夢は、サミュエルの敵を討ち、人間がいなくなった世界でルークをヴァンパイアの王にすることだ。それを見届けて、サミュエルのところへ行きたいと思っていた。でも、今回の討伐《とうばつ》でジェイコブだけでなく、少数派の構成員ほとんどが検挙《けんきょ》されちまった」

「……」

「なあ真樹、俺が新しく小数派のリーダーになる。だからお前も小数派の仲間にならねぇか？　一緒に人間を全滅させて、新しいヴァンパイア王国を作ろうぜ」

ライアンは真面目な声で言った。それでも彼の真紅の双眸は、最初から真樹がどう答えるのか、わかっているように紅く澄んでいる。その瞳を見つめながら、真樹は涙を拭い、きっぱりと答える。

「お断りします。僕は人間とヴァンパイアが共存する世界がいい」

「――ふぅん」

口元に笑みを浮かべて、ライアンは真樹を見た。誰かが自分を止めてくれるのを待っているような悲しみを帯びた瞳を見ていると、ぎゅっと胸がしめつけられる。

何か言おうとして口を開きかけた直後、ドアが開く音と共にアルベルトの声が聞こえた。

「真樹から離れろ、ライアン！」

鋭い叫び声の後、ゴッと風のように扉が開いて、スーツ姿のアルベルトが現れた。端正な顔に焦《あせ》りの色が見え、息を切らしている。

「アルベルト？　仕事に行ったんじゃねーのかよ？」

「お前の血の匂いがしたから戻って来た。もう少数派は鎮圧されたのに、真樹をどうするつもりだ？　お前まさか、まだ諦めてないのか――？」

アルベルトの眼差しが心配そうにライアンの全身を見つめた。彼の血の匂いに、心配になって慌てて駆けつけたのだろう。

アルベルトを前にして、ライアンの紅い瞳が鮮やかさを増し、憤怒を帯びた表情へと変わっていく。彼のアルベルトへの想いは複雑で根深い。苛立ちと悲しみ、信頼と友情が混ざり合い、彼の胸の中で行き場を失ったまま膨れ上がっている。

「ライアン、もう少数派は存在しない。ヴァンパイアは人間との共存という道を選んだ。だからお前も……」

「うるせぇ！　お前に何がわかる？　少数派がいなくなって俺ひとりになっても、絶対に人間を全滅させてやる。サミュエルの敵討ちだ。絶対に俺は……っ」

興奮に真紅の瞳がさらに紅くなり、修復中の左腕をさすっていた右手を勢いよくアルベルトに向ける。ピキピキッと音を立てながら指先が変形し、ギュルルッと爪が勢いよくアルベルトに襲いかかる。真樹が叫んだ。

「ライアン、止めて……！」

ドンッと音がした瞬間にアルベルトが壁を蹴ってかわし、横へ飛び退いた。鋭くライアンを睨みながらアルベルトが速攻を仕掛ける。

グワッと生き物のように爪が伸び、そのスピードについていけず、ライアンの肩に鋭利な凶器と化した爪が突き刺さる。

「ぐっ……」

「ライアンッ！　アルベルト、やめて……」

真樹の声に、アルベルトが右手を動かし、ズボッと爪がライアンの体内から抜けて縮んだ。ライアンは崩れ落ちるようにその場に片膝をつき、はぁはぁと荒い呼吸を繰り返す。

「――いってぇ！　俺は怪我人だぞ。ちったぁ手加減しろよ！」

獣のような呻き声を上げるライアンを見てアルベルトの唇にゆっくりと笑みが浮かぶ。

「先に攻撃を仕掛けてきたのはお前の方だろう？　正当防衛だ」

「ケッ、今の俺の攻撃力をわかっててマジで仕掛けるなっつーの。何が正当防衛だ。アルベルトの大バカ野郎！」

ため息を吐いて、アルベルトは悪態《あくたい》をつくライアンの肩の傷口に優しくタオルを当てる。

「余計なことをするな！　これくらいの傷、小一時間もすれば元通りだ。だいたい、お前がやったんだろうが」

食ってかかるライアンをアルベルトが鋭く睨んだ。

「怪我人が大きな声を出すな。そこのソファーで横になっていろ。すぐに血が止まると思うが、今のお前は自己治癒能力を最大限に使っているから、いつも以上に時間がかかるぞ」

「それが大きなお世話だっつーの！　余計なことを言うな！　何なら今から俺が相手にな

ってやろうか?」

「手負いのお前を本気で攻撃したりできない。それに俺は真樹と話がある」

「はぁ?　真樹と?」

怪訝な表情になったライアンから視線を移した刹那、アルベルトと目が合った。真樹の心臓が小さく跳ね、ピクリと肩が揺れる。

「真樹、いいか?　話しがある。隣りの部屋に来てくれ」

「はい……」

自己治癒中のライアンをソファーに座らせると、アルベルトは真樹の腕を掴んだ。隣室のドアを開けて真樹を中へ入れると、自分も入ってきた。

バタンとドアが閉まる。真樹の腕を掴んだままアルベルトが心配そうに尋ねた。

「真樹、ライアンに何もされなかったか?　怪我は?」

気にかけてくれていることが嬉しくて、小さく胸が跳ねてしまう。

(アルベルトは優しい。だけど、誤解してはいけない。決めたはずだ。これ以上彼を好きにならないと)

真樹は拳をぎゅっと握って頷いた。

「大丈夫です」

「そうか、よかった」

アルベルトは優しい笑みを浮かべている。今朝、田舎へ帰ると一方的に告げたことで、不機嫌な思いをさせたのではと思っていた。自分を心配してくれる彼にほっとすると同時に、切なくて胸が締めつけられた。

「心配してくださり、ありがとうございます。お話はそれだけですか？」

アルベルトは驚いた表情になった。

「真樹……？」

「すみません。話が終わったのでしたら、ルークとハスラーさんが戻ってくるまで、隣室で休ませてもらいます」

彼の返事を待たずにそのままぺこりと頭を下げて、真樹は部屋から出ていこうとする。しかしいきなり腕を掴まれ、強い力で彼の方を向かされた。

「……っ」

深緑色の瞳と目が合った瞬間、目頭が熱くなってしまう。真樹は奥歯を噛みしめながら自分の足元へと視線を落とした。

「真樹、今朝は本当にすまなかった」

「……えっ？」

突然の謝罪の言葉が耳朶を打ち、彼をじっと見つめると、こちらを真っ直ぐに見つめている彼の双眸に涙が浮かんでいる。

（アルベルト……？　まさか、泣いているの……？）

瞠目する真樹を見つめたまま、彼は低い声音で呟いた。

「お前が目を覚ました時、ひとりぼっちで寂しい思いをさせて本当にすまなかった。何も言わないまま、黙っていなくなったことを後悔している。もう遅いかもしれないが、きちんと謝りたかった。許してくれ、真樹」

彼は腰を折って深く頭を下げた。両目を見開いたまま言葉を失った真樹は、慌てて首を横に振る。

「いいえ、そんな……」

彼は自分を鎮めるために抱いただけなのに、少数派の鎮圧で闘いに加わっていたことにも触れず、男らしく何の言い訳もしない。そんなところがアルベルトらしかった。

「――僕はひとりでも大丈夫です。気にしないでください……」

じわりと胸が熱くなり、泣いてしまわないように、真樹は踵を返してドアへと向かう。

アルベルトが両手を広げてドアの前に立ち、真樹を強引に引き止めた。

「待て、真樹。俺の話を聞いてくれ」

（……どうして止めるの？　優しい言葉をかけられると、僕はまた誤解してしまうのに……）

人の気も知らないで引き止めるアルベルトを、真樹はぐっと拳を握りしめて睨んだ。もうこれ以上彼を好きになってはいけない。彼には恋人がいる。苦しむとわかっていても気持ちが抑えられなくなる前に、彼から遠く離れなければ……。そう思いながら顔を上げ、奥歯を噛みしめる。深呼吸をして、彼の目を見て告げる。

「僕は田舎に帰ります」

彼は眉根を寄せて真剣な眼差しをこちらに向けた。彼の瞳に動揺が浮かんでいる。

「……真樹、お前の家族と一緒に暮らしたいという気持ちはよくわかった。お前が家族を大切に思っていることは理解しているつもりだ。これから先、お前は好きな時に里帰りしていいし、俺もお前の家族を大切にする。俺は……誰よりもお前に……幸せになってもらいたいと……」

語尾が乱れがちになったアルベルトは、小さく息を吐いた。真っ直ぐに真樹を見つめて、言葉を紡ぐ。

「真樹、俺が責任を持ってお前を実家に連れて行くと約束する。だから……これから先、俺と一緒にいてくれないか？　ルークのためじゃなくて、俺のために」

「……え？」

小首を傾げる真樹を見つめながら、宝石のようなエメラルドグリーンの瞳を揺らせて、彼は真摯な声音で続ける。

「真樹、お前が田舎へ帰ると言った時、自分でも信じられないくらい苦しかった。お前の傷ついた表情を見て胸が潰れる思いがした。あんな気持ちになったのは三百年以上生きてきて初めてのことだ。だから俺のそばにいてくれないか？　これから先、ずっと俺の隣で笑っていてほしい。俺はお前を失いたくない。昨夜お前を抱いた時も、いや、初めて会った時からずっとお前を愛している」

揺るぎなく真摯な声音と眼差しで語られる言葉が熱を帯びて真樹に伝わり、心が震えて眦がじわじわと熱くなっていく。黙って聞いていた真樹が小さな声で訊いた。

「……アルベルト……本当に……？」

「すまない、真樹。もっと早く俺の気持ちをお前に伝えておけばよかった。俺自身、今まで誰かをこんなに強く想ったことがなかった。自分が自分でなくなってしまいそうで認めるのが怖かった。ハスラーにお前への想いを指摘されて、つい意地になって否定した。何より、気持を告げずにお前を抱いてしまったことを詫びたい。本当に愚《おろ》かだった」

彼は口元を引き締めて手を伸ばし、緊張したまま固まっている真樹の頬を両手で優しく包み込んだ。

「初めて会った時……お前が懸命にルークを助けるのを見た瞬間、心をかき乱された。お前のことをずっと以前から知っていたような不思議な感覚に包まれて……お前しか見えなくなった。思わずキスをしたが、あんなふうに自分を制御できなくなったのは初めてだった」

「で、でも……ライアンの時と違って、僕は血を飲むように言われていなかった。それに、僕の転生はルークのためで……」

アルベルトは小さく首を横に振る。深緑色の瞳を細めて、穏やかな表情で囁くように言った。

「本当のことを言うと、初めて会った時から、お前を転生させたいと心の中で強く思っていた。だから、家族が大切だと言うお前の言葉が転生を拒否したように感じられて落ち込んだ。ライアンを転生した時は、サミュエルにも頼まれていたし、ライアン自身が転生したいと強く主張していた。俺は、お前だけは……できればお前自身の意思で、ヴァンパイアに転生したいと言ってくれるまで待ちたかった。俺と一緒に永遠の時を生きたいと願ってもらってからと思っていた矢先、お前が交通事故に遭った。あの時はこのままお前を失うかもしれないと思い、本当に怖かった。なぜ血を飲ませておかなかったのかと、自分を責めた」

「アルベルト……」

彼の言葉が胸に響き、じわりとあたたかな気持ちが広がっていく。

「……それでは、僕は、ライアンの身代わりでは……？」

瞠目するアルベルトを見て、真樹は頬が熱くなるのを感じながら身じろいだ。彼は強く首を横に振り、はっきりと言った。

「もちろん違う。ライアンは俺の親友であると同時に、弟の恋人で、ルークの父親でもある。だからどうしても護りたいと思っていたが、今まで彼に恋愛感情を抱いたことはない。お前とライアンは全然似ていないし、お前を誰かの身代わりだと思ったことは一度もない」

「アルベルト……」

彼にかすれた声で気持ちを吐露《とろ》されて心臓が早鐘を打ちつけていく。彼はじっと真樹を見つめたまま真摯な表情で言葉を紡《つむ》いでいく。

「真樹、俺の生涯のパートナーはお前だ。俺に必要なのは、お前ひとりだけだ。今までも、これから先も、俺はお前しか愛せない。何があっても、今まで以上にお前を深く愛することを誓う」

眦いっぱいに涙があふれて、視界がにじんでしまい、彼の表情が見えなくなる。頬を伝う涙を止められず、小さく嗚咽《おえつ》が漏れる。

ふいに頭を抱きかかえられ、彼の胸に抱きしめられた。トクトクと彼の鼓動が伝わってくると胸がじわりとあたたかくなる。

「お前の気持ちは……？」

「ぼ、僕は……」

真樹は彼の胸に顔を埋めたまま、震える声で答える。

「初めて会った時から、ずっと、アルベルトのことが好きでした……」

深緑色の双眸が大きく見開かれ、彼の美貌にやわらかな微笑みが浮かぶ。

「真樹……もう一度言ってくれ」

顎を掴んで上を向かせられ、彼と目が合い、心臓が止まりそうなほどドキドキと胸が高鳴った。真樹はかすれた声を出す。

「アルベルト、愛しています……」

囁いた瞬間、目の前の彼の顔が、今まで見た中で一番幸せそうな笑顔を浮かべ、真樹を見つめた。

「真樹……」

とろけそうに甘やかな声で名を呼ばれ、噛みつくように口づけられる。唇から伝わる熱に全身が熱くなり、吐息が漏れる。

「……んっ……あ……」

濡れた舌先がゆっくりと口腔内に入り込み、敏感な舌先が触れ合った。彼の熱い舌に舌を絡め取られながら甘く噛まれ、口づけがさらに深まっていく。気がつくと彼の逞しい背中に手を回していた。

「真樹……」

彼は真樹の髪に指を入れ、何度も掻き上げながら角度を変えて熱く濡れた舌を強く擦り合わせていく。頭の中がジンと痺れて、全身が熱を帯び、心臓がドクドクと信じられないほど高鳴ってしまう。

「アルベルト……」

囁いた直後、コネクトルームからドアをノックする音が聞こえた。

「悪いが入るぞ。よく聞こえなかったけど、お前ら、何か喧嘩してんのか？」

返事を待たずに、いきなりズカズカと部屋に入ってきたライアンを振り返り、アルベルトが眉根を寄せて叫んだ。

「勝手に入ってくるな。喧嘩などしていない。邪魔だから、治癒《ちゆ》が済んだらさっさと部屋から出て行け」

真樹の身体を抱き寄せたまま、肩越しにライアンを振り返って叫んだアルベルトが、何か大切なことを思い出したように、ハッと目を大きく見開いた。

「いや、待て。帰るな、ライアン！」

「はぁ？　お前、頭大丈夫か？　ってか、やっぱり真樹とお前はくっついたんだな。そうなるだろうと思っていたが、石頭のお前がよく口説けたな。どんな言葉で真樹を落としたんだ？」

「お前に話すわけがないだろう？　いいか、ライアン。お前にどうしても伝えなくてはならないことがある」

ライアンが片眉を上げる。

「俺に話だぁ？　何だよ、また説教か？」

アルベルトは口元を引き締めて、視線を真樹に移した。

「真樹も聞いてくれ。俺のパートナーとして知っていてほしい」

「はい」

アルベルトは真樹の身体を抱き寄せたまま、激しい口づけの余韻で赤くなったやわらかな唇を指先でそっとなぞる。アルベルトの口元に自然と穏やかな微笑みが浮かび、やわらかさと熱を帯びた眼差しで真樹を見つめた。

「おーおー、アルベルトのそんなデレデレした姿を見たのは初めてだぜ」

ヒューーッと低く口笛を吹き、ニヤニヤ笑うライアンをアルベルトが睨みつけた。

「誰がデレデレだ。お前自身に関係あることだ。いいか、よく聞け」

「だから何だよ？　もったいぶってねぇで、さっさと話せよ、バーカ」

苛立つライアンにアルベルトが低い声で言った。

「少数派のリーダー、ジェイコブが捕まったのは知っているな？　サミュエルの首を斬ったのはジェイコブだ。彼が自白した」

ライアンは大きく口を開けたまま、呆然と立ち尽くしていた。何度か口を開閉するが言葉にならない。しばらく唖然となった後、ライアンはかすれた声で呟いた。

「……嘘だ……」

アルベルトはライアンを見つめて低い声で囁く。

「少数派は人数が少なく、能力的にも低かった。そこでリーダーのジェイコブは戦闘能力の高いお前を仲間に加えようと考えたんだろう。人間が襲ったように見せかけて、サミュエルの首を斬った。その場面を目撃したヴァンパイアもいるし、捕らえられたジェイコブも認めている」

「…………」

真樹も話を聞いた時から疑問に思っていた。人間にヴァンパイアが殺せるのだろうかと。いくらサミュエルが人間好きで優しいといっても、ヴァンパイアには人間にない飛行能力や跳躍力など様々な力が備わっている。簡単に首を斬られたりはしないだろう。

「もう一度言う。サミュエルを無に帰したのは、人間ではなくヴァンパイアのジェイコブだ。お前の人間への敵対心を煽って少数派に引き入れるためにサミュエルを襲った」

ライアンはごくりと喉を鳴らし、大きく息を吐いた。

「それじゃあ俺は、サミュエルを殺した男の……手下となっていたというのか……？」

地の底を這うように低い声で呻き、苦しそうな表情になるライアンに、アルベルトが優しい眼差しを向けた。

「まだ続きがある。――サミュエルが無事、意識を取り戻した」

虚《きょ》を突かれたライアンが真紅の眼を限界まで見開いた。

「……はぁっ？」

裏返った大きな声が室内に響く。アルベルトの唇がゆっくりと曲線を描き、微笑みを浮かべて説明し始める。

「ジェイコブに首を斬られたサミュエルは仮死状態のまま埋められていた。死んでいなかったんだ。サミュエルが親しくしていた人間がすべてを目撃して、すぐに俺に知らせてくれた。しかし、首を斬り落とされかけたサミュエルの状況はかなり危なかった。連絡を受けた俺はサミュエルを掘り返して英国のウィンザー邸に連れて帰った。ヴァンパイアの医者に診《み》てもらい、治療を続けて三年かかったが、ようやく首の傷口がふさがって――」

呆然となっていたライアンがかすれた声で話を中断させた。

「おい、ちょっと待ってくれ。ほ、本当に……？　サミュエルが生きているのか？」

「ああ、サミュエルは生きている。ジェイコブに知られると再びサミュエルが狙われる可能性があった。ジェイコブは人間界を全滅させるためなら手段を選ばない男だ。だから少数派に入ったお前には言えなかった。それにサミュエルは少し前まで意識不明だった。助かるかどうかわからなかった」

「無事なのか……？　サミュエルが生きている……本当に……？」

「ようやく意識もはっきりと戻った。もう大丈夫だ」

ライアンがギリッと唇を噛みしめた。

「くそっ……！　すぐに会いに行く。サミュエルは英国のウィンザー邸だな？　くっ……うおおぉ――っ」

獣のような唸り声を上げて立ち上がったライアンを見て、アルベルトが声を上げて笑い出した。ライアンが不機嫌な顔で叫んだ。

「おいっ、何がおかしい？　俺はすぐにでもアイツに会いに行きたいんだ。止めてもムダだぞ」

「落ち着けと言っただろう。すれ違いになってしまうぞ。サミュエルもお前に会いたがっている。だから連れて来た。すぐ隣の部屋で今、休んでいる」

「なんだと？」

「隣りの部屋だ、ライアン」

「…………」

　無言のままライアンがドアへと大股《おおまた》で歩いて行く。ドアを開けようとして、反対側から誰かが先にドアを押し開けた。

「ライアン……！」

　少し高めの細い声が聞こえた。ドアが開いて、美しい男性が部屋の中へ入ってくる。

　真樹は「あっ」と小さく声を上げた。白いガウンを纏った華奢な身体と長い金髪は、アルベルトが今朝、大切そうに抱いて運んでいた人だ。

　腰のあたりまである、ルークと同じサラサラのプラチナブロンドが彼の動きに合わせて煌めいている。瞳の色は兄のアルベルトと同じ深緑色で、まだ顔色は青白いが、優しそうな笑みを浮かべている。首に巻かれた白い包帯が痛々しい。

ライアンは目の前に立つサミュエルを見つめて呆然と立ち尽くし、やがてごくりと喉を鳴らしてかすれた声で尋ねる。

「サ、サミュエル……？　お、俺がわかるか？」

「もちろんだよ！　ライアン、会いたかった！」

長い金髪を躍らせて、サミュエルはライアンに駆け寄り、抱きついた。拳でライアンの胸を叩きながら、胸に顔を埋めて呟く。

「ジェイコブにかなり深く首を斬られたんだ。傷口の治癒に時間がかかってしまって……ごめんね、ライアン、心配しただろう？」

「サミュ……お前……っ」

ライアンの涙腺が崩壊し、その場に崩れ落ちるようにしゃがみ込むと、サミュエルにしがみつき、子どものように声を上げて泣き出した。

「ライアン……ごめんね……」

大きな身体を子どものように丸めているライアンの背中をさすりながら、サミュエルは何度も謝った。

「サ、サミュル……、よかった……俺はてっきり、二度とお前に会えないのかと……」

ライアンは今までに見た中で、一番情けない声と、今までで一番幸せそうな顔で泣きじやくっている。こんな彼を見たのは初めてで、真樹の眦にも、じわりと涙が浮かぶ。

いたわるように、かばうように、サミュエルは泣きじゃくるライアンの背をさすり続ける。ライアンは両手をサミュエルの腰に回して、声を上げて泣き続けた。

涙ぐみながら二人を見つめる真樹の肩をアルベルトが優しく抱き寄せ、瞼にそっと口づけを落とした。

「アルベルト……よかったね」

「ああ、本当に……」

真樹の胸の中であたたかな気持ちが満ちあふれ、ぽろぽろと涙が頬を伝い落ちる。

「真樹……？」

心配そうなアルベルトの眼差しに、真樹はそっと深呼吸して涙を拭い、顔を上げる。

「心配しないで……嬉しくて……それに、あんなライアンを見たの、初めてだから……」

「もらい泣きか？　俺はお前に泣かれるのが一番つらい。泣かないでくれ」

前にも彼から同じことを言われたことを思い出しながらこくんと頷き、笑顔で彼を見上げる。ほっとした表情のアルベルトが上着の内ポケットから小さな箱を取り出して真樹の手の上に載せた。

蓋《ふた》を開けると、真紅に輝くダイヤモンドの指輪が煌めいている。

「真樹、この指輪を受け取ってくれ。エンゲージリングだ」

アルベルトはすっと片膝をついた。真樹の左手を取り、その甲に口づけを落とすと、真摯な眼差しで真樹を見つめて囁く。

「愛している。真樹……俺と結婚してくれ」

ヴァンパイアの結婚は永遠を意味する。彼の言葉に心臓が跳ね上がった。

「アルベルト……僕で、いいの……？」

声が震えて、胸がぎゅっと痛む。彼は深く頷いた。迷いなどない澄んだ深緑色の双眸がじっとこちらを見つめている。

「俺は真樹しか愛せない。俺が欲しいのはお前だけだ。この手でお前を幸せにしたい。これから先、永遠にお前だけを愛すると誓う」

赤い指輪と彼の顔を交互に見つめ、じわりと真樹の瞳に涙が浮かぶ。

「うれしい……赤い指輪……？　すごくきれい……」

「ヴァンパイアの結婚指輪は、血で染めているから赤色をしている。気に入ってくれたか？」

「はい……今までで一番、嬉しいです」

泣き笑いの表情になった真樹を見て、アルベルトが左手の薬指に真紅の指輪をはめる。

真樹の胸に熱いものが込み上げてきて、大粒の涙が後から後からこぼれてしまう。胸がいっぱいで息が苦しい。喘ぐようにして涙をこらえていると、アルベルトがすっと立ち上がり、優しく抱きしめた。

彼の手が優しく真樹の頬を撫でる。じっと見つめる彼の瞳に小さく微笑み返すと、その直後、痛いくらいの勢いで、噛みつくように強く唇を押しつけられた。

「ん……ぅ……っ……」

激しい雨のように強く唇を塞がれ、胸の鼓動が早鐘を打ちつけていく。彼の長い指が真樹の顎にかかり、唇を開かされた。

「あっ……、ぅんっ……ん――……」

熱い舌が挿入してきた途端、身体がビクンと跳ね上がる。彼の舌が巧みに口腔内を愛撫し、舌の上をこすり上げられ、唇を甘く噛まれて、真樹の全身が熱を帯びる。

「こんなにも俺を昂るのはお前だけだ。真樹……愛している――」

胸がぎゅっと締めつけられて、彼のたくましい身体にしがみつき、彼の温もりに包まれながら目を閉じた。

その直後、ライアンの野太い声が聞こえた。

「おーおー、見せつけてくれるねぇ。サミュエル、あの子が真樹だ。アルベルトのヤツ、彼に夢中なんだぜ。まったく見てられねぇぜ」

号泣したせいで赤くなった鼻をこすりながら、うれしそうに笑うライアンを、肩越しに振り返ったアルベルトが冷たく言い放つ。

「俺のことをデレデレしたバカだと言ってたが、今のお前の呆《ほう》けた顔こそバカの極《きわ》みだな」

「うるせぇっ！　よくもサミュエルのことを俺に隠していたな。許さねぇぞっ」

いきなり右手を向けられて、アルベルトは嘆息し、こめかみを指で押さえて鋭く叫ぶ。

「ライアン、落ち着け！　お前に何度も、サミュエルを傷つけたのは人間ではないと言ったのに、お前は聞かなかった。さっき説明した通り、それ以上のことは言えなかった。ジェイコブに知られたらサミュエルの命が危ない状態だったのに、お前は感情が顔や態度にすぐに出る。バレバレだ。それにサミュエルは意識不明の状態が続いていた。意識が戻ればすぐにお前に知らせるつもりだった」

号泣したところを見られた恥ずかしさからか、ライアンが悪態をつく。

「ちくしょうっ、アルベルトのバカ、バカ、バーカ！　オタンコナスの大バカ野郎！」

「……何だと……？」

長身の二人が動物のように威嚇《いかく》し合うと迫力がある。対峙する二人は無言で睨み合っている。

「ライアン、兄様と喧嘩しないで」

サミュエルが心配そうに呟くと、ライアンはハッと我に返り、頭を掻いて頷いた。どうやらサミュエルに頭が上がらないようだ。真樹は二人を見て小さく笑った。

アルベルトが優しく弟の背中を撫で、尋ねた。

「サミュエル、首の傷はどうだ？」

「痛みが少し残っていますが、大丈夫です、兄様。骨はしっかりとつながったようで、意識が戻るまでの間は真っ暗な世界を漂っていましたが、今は何ともありません」

首の骨がつながったという言葉に、みんなほっと安堵した。後はヴァンパイアの自己治癒力で回復するのを待てばいい。

「よかった……」

ほっとして思わず呟いた真樹の肩を、アルベルトが優しく抱き寄せる。

「サミュエル、俺のパートナーの真樹だ」

パートナーと言われて頬が熱くなり、真樹は緊張しながら頭を下げた。

「よ、よろしくお願いします」

「こちらこそ、よろしくお願いします」

真樹とサミュエルが笑顔で握手を交わしていると、ガチャッと玄関のドアが開く音がした。パタパタと小さな足音が聞こえ、ルークが内扉を開けて入って来た。

「たーいま、たのちかったー。パパ、おあえりー」

真樹とアルベルトの元へたたたっと駆け寄り、元気よく二人に抱きついた。

「ルーク、お前に知らせたいことがある。それから会わせたい人も」

まだ何も知らないルークになんと言い出せばいいのか逡巡して、アルベルトの表情が強張っている。

「パパ、どちたの？　おこってゆの？」

「怒ってないよ。ルークに紹介したい人がいる。後ろを向いてごらん」

くるりと振り返ったルークはサミュエルとライアンを見て真紅の瞳を瞬かせた。同時に、サミュエルの瞳が限界まで見開かれる。

「ルーク！　大きくなって」

サミュエルがルークのそばに駆け寄り、両手で小さな頬を包み込むようにして祝福のキスをする。

「あ……わあった。ルークのマミィ」

にっこりと笑うルークに、サミュエルは大きく深緑色の瞳を見開いた。

「――どうして、わかったの？」

「ちのにおい、しゅるの。ルークのマミィ、あいたかった」

サミュエルの首の包帯の下、傷口のところから滲《にじ》んでいる血の匂いで気づいたらしい。

ルークが小さな両手を伸ばして、サミュエルにぎゅっと抱きついた。

「マミィ、だいどーぶ？」

「ルーク……！」

サミュエルはルークをぎゅっと強く抱きしめて頬を寄せて囁いた。

「大きくなったね。会いたかった」

「るーくも、マミィにあいたかった」

サミュエルの腕から身体を戻したルークは顔をライアンの方へ向けた。

「るーくのダディでちょ？」

小さな指でライアンを指差す。

「オラッ、人を指さしするなって……ちょ、ちょっと待て。ルーク、なんでお前……アルベルトに聞いたのか？」

動揺して青ざめるライアンを見上げて、ルークは首を横に振る。

「まえのときから、ちのにおいで、ダディとわかってた」

真樹が転生する前、ライアンとアルベルトが互いに流血しながら争った時、ハスラーに

抱かれたルークは、その場で血の匂いを嗅いで、自分の父親はアルベルトではなく、向かい合っている赤い瞳の男だと気づいていた。

「ああ、あの時……確かにライアンは血を流していた。そうか、匂いでわかったのか……」

口元を引き結んで、寂しそうに呟くアルベルトを振り返り、ルークは元気よく言った。

「るーくのパパ、ひとりよ。だいしゅき」

ルークの言葉に目を見張り、アルベルトが深緑色の瞳を潤ませて頷く。サミュエルはアルベルトに小さく頭を下げた。

「兄様、ルークをこのように優しい子に育ててくださり、感謝します」

その言葉は真剣だった。サミュエルはルークのそばに歩み寄ると膝をついて目線を合わせた。

「ルーク、僕達と一緒に……ライアンと三人で暮らさないか？」

その言葉にアルベルトの肩がビクリと揺れる。真樹は思わず彼の手を握りしめた。

「……めんなたい……」

小さな頭をフルフルと降り、ルークはぺこりと頭を下げる。真紅の瞳でサミュエルを見上げて小さな声で答える。

「ライアンとサミュエルは、るーくのダディとマミィなの。でも、るーくのパパとママはアルベルトとましゃき。ふたりとも、だいしゅきなの」

サミュエルは小さく頷き、ライアンがその細い肩を乱暴に抱き寄せた。二人ともルークの答がわかっていたように、顔を見合わせて肩をすくめる。

「……ルーク」

アルベルトと真樹が声をかけると、ルークは振り向いてにっこりと花がほころぶように笑った。

「るーく、パパとましゃきといる。マミィとダディも、いっちょだとうれちい」

ルークの提案にサミュエルはハッとした表情になった。

「一緒……そうだ、一緒に暮らせばいいんだ。僕とライアンも兄様と真樹さんと一緒に、ウィンザー邸で暮らすよ。それならルークと一緒にいられる！」

「わぁい！　みんな、いっちょよー」

飛び上がって大喜びするルークと反対に、苦虫を噛み潰したような表情のアルベルトとライアンを見て、真樹とサミュエルは小さく笑った。開いた窓から優しい風がそっと吹き抜けていく。

ルークは真樹に抱きつきながら、うれしそうに囁いた。

「ましゃき、あかたん、うまれゆ。るーく、おにいしゃんなの」

その言葉の意味を理解した途端、真樹は大きく目を見開いた。

「ええっ、僕、おなかに赤ちゃんがいるの？」

驚いて真樹は自分の腹部に手を当てた。いつもと変わらないように思える。

「真樹、妊娠したのか……？」

「よくわからないのだけれど、今朝から時々、吐き気がしている……」

「そうか、吐き気が……」

アルベルトはエメラルドグリーンの双眸を見開いて真樹を見つめて微笑んでいる。その瞳が期待の色を含み、宝石のように輝くのを見て真樹は不安になった。確か人間の場合は、妊娠するまでそんなに早くではなかったような気がする。それに悪阻《つわり》が始まるのはもっと先のはず。アルベルトをがっかりさせたくない。そんなことを考えていると、出産経験者のサミュエルが優しくアドバイスしてくれた。

「ヴァンパイアの妊娠期間はとても短いんだよ。血を操作することで、仮の臓器である子宮を一時的に体内に作るんだ。体内にはひと月ほどしかいられないから、人間の十倍くらいのスピードで出産になるんだよ」

「それじゃあ、本当に僕……」

戸惑いを隠せず、動揺してしまう。

人間界では男が妊娠することはあり得ないと思うと、どうしても信じがたい気持ちなって、本当に産めるのだろうかと不安になる。

(ぼ、僕が赤ちゃんを産むの……? 大丈夫かな……)

身体を強張らせて唇を噛みしめる真樹を、アルベルトがそっと抱き寄せた。

「真樹、不安なのか? 大丈夫だ。俺が全力でサポートする。みんなもいる」

「うんっ、るーく、おてちゅだい、いっぱいしゅるー」

ルークが真樹の手をそっと握った。小さくてあたたかな手から伝わる熱と優しさに胸がじわりと熱くなる。

人間の時には不可能だったけれど、ヴァンパイアになれば望めば男も出産できる。

それは本当にありがたいことで、奇跡のように思える。

「案ずるより産むが易《やす》しと諺《ことわざ》にもあるように、僕、頑張るよ。アルベルトに似た赤ちゃんを産みたい」

小さくガッツポーズをする真樹を見つめて、アルベルトはやわらかな微笑みを浮かべる。

「お前のそういう前向きなところが、本当に愛《いと》おしい」

アルベルトが眩しそうに真樹を見つめて、優しく肩を抱き寄せた。ついばむように口づけた後、耳元で祈るように囁く。

「でも俺は、真樹によく似た子が欲しい」

意見が別れてしまった。真樹とアルベルトは目を見合わせて肩をすくめた後、ゆっくりと微笑み合った。

＊　＊　＊

日本支社の視察が終ると同時に、真樹はホテル・ウィンザーの幹部として、アルベルトと共に、本店のある英国に移住することになった。

最後の日、真樹はホテル・ウィンザー日本支社のスタッフの皆に別れの挨拶をしながら、思わず涙ぐんでしまった。嫌味な言い方が多い小西フロントマネージャーでさえ、しんみりと真樹との別れを惜しんでくれた。

（みんな、本当にいい人ばかりで、楽しかったな……）

じわりと眦が熱くなり、あわてて首を横に振る。

別れるのは寂しいが、真樹はどこまでもアルベルトについて行き、彼と共に英国のウィンザー邸で暮らすことに決めたのだ。

「寂しくなるな、真樹」

真樹の教育係であり、良き友人でもあった斎藤先輩が、細い目を糸のように細くして微笑んだ。

「斎藤先輩……お世話になりました」

腰を深く折って礼をすると斎藤先輩が思いつめたような顔で囁いた。

「俺、お前のことが好きだった」

「えっ……」

思いがけない告白に、真樹は瞳を大きく見開いた。入社した当時から優しく厳しく、ベルボーイとしての基礎を指導してくれた斎藤先輩のおかげで、自分はホテルの仕事の楽しさを知ることができた。

「ありがとうございます。僕、斎藤先輩のことを心から尊敬しています」

「真樹のこと、忘れない。ってか、俺も真樹もホテル・ウィンザーの社員だし。あ、真樹は幹部に抜擢《ばってき》されたから立場は違うけど、また視察に来るだろうし、メールとか電話とか、くれるだろう？　英国へ行ってからも俺のことを忘れないでくれよ」

「もちろん、忘れません。必ず連絡します。ありがとうございました」

たとえ、これから先、斎藤先輩の記憶を消さなければならなくなったとしても、自分は優しく頼もしい先輩のことをずっと忘れずにいたい。真樹は斎藤先輩と握手をして別れた。

その後、ウィンザー家のプライベートジェットで英国に戻る前に、アルベルトと共に真樹の田舎へ寄った。ホテル・ウィンザーの幹部として英国に行くと真樹が言うと、両親も祖父も妹や弟たちも驚き、アルベルトがＣＥＯとして説明すると、彼の美貌を見て家族全員はさらに驚いていた。

「真樹、身体に気をつけて。元気で過ごすんじゃぞ」

祖父が泣くと、真樹も両親も、妹や弟たちも泣き出した。実家を後にしてもなかなか泣き止まない真樹の肩を抱き寄せ、アルベルトが優しく囁いた。

「いいご家族だな。みんな、優しくて泣き虫なところが真樹と似ている。俺も大切にする。また会いに来よう」

「アルベルト……」

額に熱が落ちると、ようやく真樹は泣き止んで笑みを浮かべた。

真樹が英国に来て、あっという間にひと月が経った。

ウィンザー邸は自然が美しい英国の古城の街にある。その白亜《はくあ》の城のような屋敷内の豪奢な一室で、真樹は額に大粒の汗を浮かべて、アルベルトに寄り掛かっていた。

「大丈夫か、真樹」

「アルベルト……」

苦しそうに息を吐く真樹を抱き寄せて、心配そうに腰をさすりながら、アルベルトが大きな声で指示を出す。

「ハスラー、真樹が産気《さんけ》づいている。助産婦にすぐに来るように連絡を。それから水を沸かして部屋を暖めてくれ」

アルベルトの声に、ハスラーが目を輝かせた。

「おおっ、いよいよ真樹様のご出産でございますか？　ああっ、どうぞご無事で……ハッ、ぼうっとしている場合ではありませんでした。す、すぐにご用意を……」

ハスラーは慌てながら、女中頭《じよちゆうがしら》を呼んで真樹の出産の準備を整えさせていく。

真樹は全身を襲う痛みにシーツを握り締めて耐えながら、アルベルトの顔を見つめた。

「アルベルト、僕は妊娠してから、ひと月しか経ってない……お腹も全然大きくなってないのに、本当に赤ちゃんが生まれるの……？」

しかし真樹は、昨夜からずっとお腹が痛いのだ。

不安そうな真樹を落ち着かせるように、優しく髪を撫でながら、アルベルトが説明してくれる。

「ヴァンパイアの妊娠期間は短い。人間の十分の一の期間で出産となる。だから真樹の出産はヴァンパイアの世界ではごく普通だ」

「でも、僕のお腹は以前と変わってないのに、こんな状態で生まれてきて大丈夫かな……？」

「生まれた時は小さいが、そこからひと月ほどかけて、人間の赤ん坊と同じ大きさになる。心配しなくていい」

「アルベルト……」

腹部に鋭い痛みが走る。全身が切り裂かれるような痛みに真樹は言葉を呑み込む。

「もう少しの辛抱《しんぼう》だ。真樹……」

自己治癒能力があるヴァンパイアといっても、やはり陣痛《じんつう》は痛かった。

「お待たせしました、助産婦のカルロでございます」

ヴァンパイアの助産婦カルロは、人間界でも医師免許を持ち、自身も三人の子どもを出産している四十代の女性だ。

助産婦カルロはアルベルトと真樹に深く頭を下げて挨拶した後、ゆっくりと真樹の腹部に手をかざして、その手を上下に動かしながら言った。

「……赤ちゃんが生まれたがっております。もう少しで出てくるでしょう」

ノックの音がして、ルークを抱いたハスラーが部屋に入ってきた。

「そろそろご出産でございますので、私はお部屋の外でお待ちしております。真樹様、頑張ってください」

「うん。ありがとう、ハスラーさん」

「ましゃき、うまれゆの？」

「もう少しで会えるよ、ルーク」

出産の時、アルベルトとルークに立ち会ってほしいと真樹が希望した通り、ベッドに横になっている真樹を励ますように、アルベルトとルークが両方の手を握ってくれている。

「真樹……俺がついている。何があってもそばを離れないから、安心してくれ」

「……アルベルト……」

手をぎゅっと握りしめられ、その温もりにほっと安堵する。ルークも小さな手を伸ばして真樹の手を一生懸命に握った。

「ましゃき、イタイなの？」

「だいじょ……ぶ、ルーク……しんぱ……しないで……」

「ま、ましゃきっ……」

陣痛がさらに強くなり、助産婦カルロが慌ただしく動き出した。

「真樹様、息を止めないでください」

助産婦カルロの声に、真樹は懸命に呼吸をしようと口を開く。しかし痛みでうまくできない。

「……う……く……っ……」

陣痛に苦しむ真樹を見てられないアルベルトは、端正な顔を苦しそうにゆがめて、助産婦カルロに問いかける。

「こんなに苦しんでいるのに俺は何もできないのか……陣痛に効く薬は？　真樹はいつまで苦しまなくてはいけない？」

珍しく感情的になるアルベルトに、経験豊富な助産婦カルロが目を丸くした。

「アルベルト様、落ち着いてください。血で作られた仮の子宮とはいえ、陣痛がおこっているので痛みがあるのは仕方ございません。それでもひと月目で赤子《あかご》は大変小さいので、出産までさほど時間はかからず、楽にお生まれになるでしょう」

「しかし……」

珍しく取り乱しているアルベルトに、ルークも声をかける。

「パパ、だいどーぶ、もうしゅぐ、うまれゆから」

自信たっぷりに言うルークを見つめて、アルベルトは小さく息を吐いた。

「……わかった」

「あーちゃん、ぶじにうまれてー。まってゆ」

「真樹、もう少しだ。頑張ってくれ」

「うっ……ぐ……ぅ……っ……」

右手をアルベルト、左手をルークに握られ、励まされていると、腹部に刺すような激痛が走り、真樹は大きく背を仰け反らせた。

微かに赤ん坊の泣き声が聞こえてくる。

「ふぇぇん……ぇぇぇん……」

ベッドでぐったりと横になった真樹がかすれた声で尋ねる。

「あ、赤ちゃんの泣き声が聞こえる。う、生まれたの……？」

「よく頑張ったな、男の子だ。今、助産婦カルロが産湯《うぶゆ》で洗ってくれている」

真樹は無事に出産できたことを知ってほっと身体の力を抜いた。アルベルトが真樹の黒髪を優しく撫で、汗を拭きながら囁く。

「可愛い男の子だ。ありがとう、真樹」

「み、見せて……」

助産婦カルロが慎重な手つきで赤ん坊をお湯でちゃぷりと洗い、肌触りのよいハンドタオルに優しく包んで、そっと真樹の枕許に置く。

真っ白なハンドタオルに包まれた赤ん坊はとても小さい。親指くらいの大きさの赤ん坊を見て、真樹は息を呑む。

「わ……小さいね……。とっても可愛い」

「ああ、ヴァンパイアの子どもは小さく生まれる。大丈夫だ、ひと月の間に人間の赤ん坊くらいの大きさになり、そこから成人するまでは人間とほとんど変わらない」

「僕とアルベルトの赤ちゃん……」

そっと小さな我が子を覗き込む。真樹と同じ漆黒の髪の赤ん坊は、小さ過ぎる指をくわえてそっと目を開けて瞬いた。

「あ……エメラルドグリーンの瞳、アルベルトと同じだ。可愛い……アルベルトによく似ている……」

思わず、真樹の漆黒の瞳から、涙がこぼれ落ちた。愛している彼と自分の赤ん坊の誕生に、今まで経験したことがないほど気持ちが昂ぶっている。

「真樹……よく頑張った。可愛い息子をありがとう」

熱を帯びた眼差しでじっと見つめられ、そのまま頬の涙をすくい取るように頬に口づけを落とされる。

「アルベルト……」

「ましゃきーっ、うまれたー、よあったー」

真紅の瞳を潤ませて、ルークがうれしそうに真樹を見上げている。そのやわらかな金髪を優しく撫で、笑顔で答える。

「ルーク、そばにいてくれてありがとう。とても心強かった。赤ちゃん、見た？」

「うんっ、ちっこくて、かあいいっ」

花が咲いたように愛らしい笑顔で、ルークが赤ん坊を見つめる。白いタオルの中で親指姫のように小さな赤ん坊が、ふいに身を捩った。

「えぇぇん……ふぇぇん……ぇぇぇん……」

「ど、どうしたのかな？」

小さくてか細い声を上げているのを見ると愛しさに全身が熱くなり、眦に涙があふれてしまう。

「よしよし、いい子……」

そっと手のひらに載せて、もう片方の指で赤ん坊の背中をさすると、泣き声がぴたりと止んだ。ぷっくりとした頬をちょんとつつく。赤ん坊はきょとんと真樹を見上げて、今度は頬を綻ばせた。

「あーうー、あーぅーぁー」

小さな手足を動かしながら真樹の指を両手で掴もうとする。

「可愛い……アルベルト、抱いてみる？」

そばでじっと真樹と赤ん坊の様子を見ていたアルベルトは驚いた表情になり、小さく肩を揺らした。

「小さすぎて、落としそうだ……」

世界中に展開するホテルグループのＣＥＯで、ヴァンパイア協調派のリーダーでもある彼が、我が子を前に緊張した面持ちになっているのを見て、真樹は小さく微笑んだ。

「赤ちゃん、君のパパだよ」

おずおずと小さな赤ん坊に手を伸ばし、アルベルトはぎこちなく赤ん坊を手のひらに乗せて持ち上げる。ふわりとした黒髪を指先でそっと撫でると、小さな赤子は父親譲りの瞳を瞬かせた。

「あーうー、ばーぶっ」

「……っ、可愛いな」

ほっとしたように、アルベルトの表情に穏やかな笑みが浮かぶと、ルークが目を輝かせて、ちょこんと赤ん坊をのぞき込んだ。

「あーちゃん、ちっこくて、かあいいね」

「ルーク、お前の弟だ」

「んっ、るーく、あーちゃんのおにいたん」

アルベルトが赤ん坊をルークの顔の前に持っていくと、か細い泣き声と共に赤ん坊がじっと、ルークを見つめた。

「あうー、ばーぶっ、あーぅーうー」

話しかけるように、赤ん坊は小さな手足を動かして声を上げる。うん、うんと頷いて、ルークがにっこりと笑い、よしよしと赤ちゃんの頭を撫でた。

「リムルが、パパとママに、よろちくって、いってゆー」

「そっか。ふふっ、こちらこそよろしくね、リムル……って……！　リ、リムル……？」

やわらなかルークの金髪を撫でていた真樹の動きが止まり、小首を傾げる。

「あーちゃん、おなまえ、リムル」

ルークには赤ん坊の言葉がわかるらしい。真樹とアルベルトは顔を見合わせた。

「そうか、リムルか。良い名前だ。真樹、それでいいか？」

アルベルトが穏やかな声で訊くと、真樹は微笑んで深く頷いた。

「可愛い名前……リムル、こちらこそよろしくね」

「あうー、ばぶ、ばぶ、ばぶっ、あーぁーうー」

　リムルがうれしそうに小さな身体をゆすって、手足をばたつかせている。

「マミィとダディと、ハスラーをよんでくゅー」

　出産の邪魔にならないように部屋の外にいるサミュエルとライアン、それにハスラーを呼ぶと言ってルークが駆け出した。てててっと駆けて行く小さな後ろ姿は、いつの間にか兄らしく、しっかりしたように感じられる。真樹は目を細めた。

「僕、すごく幸せ……」

　思わず呟くと、アルベルトが優しい笑みを浮かべて真樹の手の上にリムルを戻し、耳元に顔を近づけて囁いた。

「俺もだ、真樹。リムルを生んでくれてありがとう。身体は大丈夫か？」

「アルベルト……大丈夫だよ」

　深緑色の双眸を細めて真樹の後頭部に手を回した彼は、噛みつくように唇を重ねた。

　ふいにドアをノックする音が聞こえたが、それでもアルベルトは唇を離そうとしない。

「……んっ……う……」

　奪《うば》うように強く唇を擦り合わされ、愛しさと共にゾクリとする快感を覚えて身体が粟立ってしまう。真樹の細い身体をアルベルトが優しく抱きしめ、さらに激しく口づける。

「ハスラーでございますよー。サミュエル様たちも一緒です。入ってもよろしいですか？」

「……どうぞ」

ようやく唇を離したアルベルトが答えた時には、真樹は頬を朱色に染めて、呼気《こき》を速めていた。すっと立ち上がったアルベルトが何もなかったような表情でドアを開けると、ハスラーが転がるような勢いで部屋に入ってきた。興奮しながら真樹の手の中を覗き込む。

「あ、赤ちゃんは……おおっ、なんとお小さい！　まるで妖精のようではございませぬか！」

「リムルというのー」

「あーぅーうー、ばぶっ、ばぁーぶっ」

ルークが名前を教えると、リムルがうれしそうに返事を返した。

「おおおおおっ……なんとお可愛らしい……！　ああぁぁっ、そのようにルーク様とご一緒ですと、さらにお可愛らしさが倍増でございますな！　私、どうにかなりそうでございます」

リムルとルークを見つめて、ハスラーが悶絶している。

「もう、ハスラーさんったら……アルベルト、どうしたの？」

自分をじっと見つめているアルベルトに小首を傾げると、彼はとろけるような優しい笑顔になった。

「……リムルを抱く真樹は天使のようだと思って、つい見惚れてしまった。元来《がんらい》の美しさに加わえ、子どもを生んで、さらに艶《あで》やかさが増したのだろう」

熱っぽい声で囁かれ、頬が熱くなる。結婚後、アルベルトは真樹への気持ちを隠さず、率直に言葉にして伝えるようになった。それはうれしいことではあるが、端整な顔立ちのアルベルトから褒められると、恥ずかしくて言葉が見つからず狼狽《うろた》えてしまう。ライアンがちっと舌打ちし、冷やかすように言った。

「けっ、相変わらず、真樹にデレデレだな。『孤高の戦士』の名が泣くぜ」

アルベルトは挑戦的な眼差しでライアンを睨み、静かに言い返す。

「パートナーを愛することのどこが悪い？　俺は永遠に真樹を愛すると誓った。この気持ちは何があっても揺るぎはしない。お前こそ、サミュエルの前では仔猫《こねこ》のように甘えた態度になるが、あれは気持ち悪いからやめた方がいい」

「ばっ……バカなことを言うなっ、誰が仔猫だっ。断じて俺はそんな態度を取ったことはない。ってか、お前、いつ見た？」

青ざめたライアンを見て、アルベルトが片眉を上げる。

「あれで隠しているつもりか？　同じ屋敷内に住んでいるんだから、あちこちで見かける」

ルークの気持ちを知ったライアンとサミュエルは、あれから英国のウィンザー邸で、アルベルト、真樹夫妻と一緒に暮らすようになった。

同時に、ライアンはヴァンパイア議会で謝罪し、人間との共存を支持することを表明した。無事に追放を解かれたライアンはサミュエルと結婚し、アルベルトの右腕としてホテル・ウィンザー幹部の仕事に舞い戻っている。

「べっ、別に俺は……サミュエルに甘えたりしてねぇよ」

いつもは憮然としているライアンも、サミュエルのことになると口ごもってしまう。アルベルトが口元に笑みを浮かべてライアンを睨みつけた。

「お前、この前は中庭のベンチでサミュエルの膝枕で寝ていただろう？　それから食堂でサミュエルに食べさせてもらっていたこともある。『食べさせてくれ。あーん』と甘えるお前は、見ていて背筋が寒くなるほど腑抜《ふぬ》けた顔になっていた。それに……」

「うわあぁ、言うなぁ！　アルベルト、てっ、てめぇ……」

「しーっ、ライアン、静かに……！」

サミュエルに注意されると、ライアンは慌てて口を閉じ、ピタリと動きを止めた。サミュエル至上主義に揺らぎはないようだ。リムルを優しく撫でていたサミュエルが真樹に微笑みかける。

「真樹さん、リムルに血を飲ませてあげた？」

「えっ、赤ちゃんが血を飲むの？」

「そう。小さいから、少しずつしか飲めないのだけど。ひと月くらいで人間の新生児くらいの大きさになるから、それまでは二時間置きにあげてね。ひと月経つと、四、五時間あけても大丈夫」

「わかった、ありがとう、サミュエルさん」

出産経験者として、優しいサミュエルは妊娠中から真樹にいろいろとアドバイスしてくれ、とても助かっている。

真樹は爪で人差し指の腹を少し切ると、おずおずとその指をリムルに近づけた。

「リムル……飲んで」

ピクンと身体を動かしたリムルが、くんっと匂いをかぐようにして、真樹の人差し指に小さな両手を添える。真樹の指に吸いつくと、小さな口でちゅぷちゅぷと飲み始めた。

ルークが嬉しそうにリムルを見つめて話しかける。

「リムル、おいちい？」

「あーぅーうー、ばぶ、ばぶ、ばーぶっ」

返事をするようにリムルがルークに向かって答え、手足を元気よく動かす。ルークは満面の笑みでリムルを見つめた。

「リムル、いっぱいのんで、おっきくなって。にいたんと、あしょぼうね」

「ばぁーぶっ」

ルークがそっとリムルの頭を撫でると、きゃっきゃっと声を上げて笑い、小さな四肢《しし》をパタパタと動かした。

「おう、俺にも抱かせてくれねぇか」

我慢できないという顔つきのライアンがリムルに手を伸ばす。

「ライアン、絶対に落としちゃダメだよ。そぉっと、優しくだよ」

サミュエルが心配そうに声をかける中、真樹はライアンの手の上にリムルを載せた。

「うわっ、すげー小せぇ！　マジで人形みてーじゃん。緑色の目って、アルベルトにそっくりじゃねーか。ぶははっ、可愛すぎるだろ」

ライアンの大声に驚いたのか、リムルが小さな顔を真っ赤にして泣き出した。

「ふえぇぇぇ……、あぁぁぁんっ、ひっく、ひっく……」

「なっ、なんでいきなり泣き出すんだよ？　ほら、ダッ、ダディだぞ。泣き止めって！」

「ダディって、お前……」

瞠目するアルベルトを睨みながら、ライアンが叫んだ。

「いいんだよっ、俺はルークのダディだから、リムルにとってもダディだ。それに、リムルのママは真樹で、マミィはサミュエルだ。文句は言わせねぇぞっ」

偉そうな態度と裏腹に、不敵な顔が耳まで真っ赤になるのを見て、アルベルトは呆れながらも小さく微笑んだ。

「いや、文句はないが、リムルを返してもらおうか。どうやらお前のことが嫌いらしい」

「やはり嫌われているのか……って！　おいっ、ちょっと待て。だからダディを嫌ったりしねぇって。なあリムル？」

「ひっく……びえぇぇぇんっ、ふあああぁぁんっ、うえぇぇぇぇぇぇんっ」

部屋の中に泣き声が轟くのを聞いて、サミュエルと真樹は顔を見合わせて笑い出す。

アルベルトがライアンの手からリムルを取り上げて真樹の手の上に戻し、真樹がリムルを揺らしてやると、ようやく泣き止んだ。

サミュエルが真樹の耳元に口を近づけて囁くように告げる。

「真樹さん、ありがとうございます。兄を愛してくれて……ルークを大切にしてくれて……あなたがそばにいてくれるから、僕もライアンも安心していられる。心から感謝します」

「サミュエルさん……」

思いがけないあたたかな言葉に、真樹の瞳に涙が浮かぶ。その様子に気づいたアルベルトが小首を傾げながらサミュエルに尋ねた。

「真樹に何を言ったんだ？」

「兄様には秘密です」

クスクスと笑いながら、サミュエルは不機嫌そうに頭をガシガシと掻いているライアンのそばに駆け寄り、優しく背中に手を回す。ライアンはサミュエルがそばにくると、ようやく笑顔になった。

「ましゃき、パパ、みてー。リムル、わらったー。かあいいねー」

「あーうーぅー、ばぁーぶっ、ばぶっ」

にっこり笑うルークに見つめられて、リムルは全身を揺らして喜んでいる。

幸せそうな二人を見て、真樹とアルベルトも笑顔で互いの顔を見合わせる。この上ない幸せに包まれて、二人はそっと甘い口づけを交わした。


【Fin.】

あとがき

初めまして、一文字鈴《いちもんじりん》です。このたびは『ヴァンパイア・ベイビーズ』をお手に取ってくださいまして、ありがとうございました。

強さと美しさを兼ね備えたヴァンパイアのアルベルトと、優しくて芯の強い日本人男性の真樹《まさき》、二人のラブストーリーは如何《いかが》でしたでしょうか。少しでも皆さまのお気に召していただけましたら幸いです。

実は、二年ほど前に大きな病気をしました。かなりステージが進んだ状態で手術となり、その時に「できれば一冊でいいので、生きているうちに書籍を出したい」と強く願ったことを昨日のように覚えています。ありがたいことに体調が回復し、少しずつでもその夢に近づけるようにと思っているうちに二年が経ちました。本書が書籍デビュー作になります。夢が叶ったのは、ひとえに応援してくださり、本書をお手に取ってくださった皆様のおかげです。心より御礼申し上げます。

現在は食事に気をつけたり運動したり、病気をしたことで以前より健康な生活を強く意識しながら、執筆を続けています。少しでも読んでくださった皆様に喜んでもらえたら、書き手としてこれ以上に幸せなことはありません。

そして病気をした後、健康のために毎日四十分ほどジョギングするようになりました。その間にTLやBLのいろいろなお話を想像するのが好きで、この作品を考えついたのも走っている時でした。ライアンとのバトルシーンで、真樹をかばって傷つくアルベルトの様子が頭に浮かび、帰宅してから忘れないようにメモを取ったのが始まりでした。

それからも走っている時にアイデアが次々と浮かんできたので、途中からメモ帳を持って走るようになりました。やがて空想の中にルークやサミュエルが加わり、人間界とヴァンパイアの世界観や、協調派と少数派の対立といった設定が出来上がって、まとめてプロットにしてお送りしました。どうしても書きたい気持ちが強くて、担当様からOKをもらった時は涙が出るほど嬉しく、マウスを持つ手が震えていたことを覚えています。

遅筆なのでそれから脱稿まで二か月ほどかかりました。ヴァンパイアのことを調べ、読んでくださる方々に気に入って貰えますようにと祈りながら、悩んで何度も書き直した思い出深い作品です。

書き終えてからも、しばらくの間アルベルトや真樹のことが頭から離れずに、もう皆に会えないと思うと寂しくて胸が締めつけられました。

登場人物について、思っていることを少しだけ書き記しておきます。

金髪緑眼で長身、端整な顔立ちのアルベルトは、自分の中の理想とする男性のイメージそのものでした。なので、こういう時はきっと彼はこう動くはず、というのがすぐにわかって書きやすく、特に真樹を大切に護る一途なところが恰好いいなぁと思います。

そして、アルベルトのパートナーとなる真樹は、華奢な外見をしていますが、素直で前向きで優しい日本男児です。仕事熱心で家族想いの彼はこれから先も、自分でも気づかないうちに周囲の人々に優しい気持ちや愛情を与える存在となり、ますますアルベルトから溺愛され、子だくさんで幸せな家庭を作っていく予感がします。

不遜《ふそん》なライアンは、大切な我が子を授けるほどアルベルトのことを信頼しているのに、悪態《あくたい》をついたり攻撃を加えたりする不器用なところが大好きです。そんなライアンと、優しく美しいサミュエルの二人は、アルベルトと真樹に負けないくらいお似合いなので、きっとこれからも両カップルは仲睦まじく幸せに暮らしていくと思います。

そしてルーク。このお話の鍵を握っているのはルークだと思うので、可愛さと共にアルベルトやライアンを癒す存在として書きました。また、お兄ちゃんになってしっかりしてきた姿が見られ、とても嬉しかったです。
ハスラーと斎藤《さいとう》先輩の二人は、書いていてとても楽しく、お話を明るくしてくれました。改めて、どのキャラクターも大好きだと気づきました。

挿絵を描いてくださったのはケイト先生です。素晴らしいイラストを本当にありがとうございました。キャララフを拝見させていただいて、美麗なアルベルト、そして愛らしい真樹に感激いたしました。

そして、デビューのチャンスをくださった担当様、言葉では言い表せないほどお世話になりました。未熟で右も左もわからない私をあたたかく見守ってくださったことに、この場をお借りして、心から御礼申し上げます。

最後になりましたが、読んでくださった皆様に、もう一度感謝の気持ちを述べさせてください。皆さまのお力添えのおかげで、無事に書籍を出すことができました。この作品を縁あってお手に取ってくださった全ての方に最大級の感謝を込めて……本当にありがとうございました。皆様の健康と幸せを心よりお祈りしています。

二〇一六年九月吉日　　一文字　鈴

セシル文庫をお買い上げいただき、ありがとうございます。
この本を読んでのご意見・ご感想・ファンレターをお待ちしております。

☆あて先☆
〒154-0002　東京都世田谷区下馬6-15-4
コスミック出版　セシル編集部
「一文字 鈴先生」「ケイト先生」または「感想」「お問い合わせ」係
→Eメールでも OK！　cecil@cosmicpub.jp

セシル文庫

ヴァンパイア・ベイビーズ

【著 者】　一文字《いちもんじ》 鈴《りん》
【発 行 人】　杉原葉子
【発 行】　株式会社コスミック出版
〒154-0002　東京都世田谷区下馬 6-15-4
【お問い合わせ】 - 営業部 -　TEL 03(5432)7084　FAX 03(5432)7088
- 編集部 -　TEL 03(5432)7086　FAX 03(5432)7090
【ホームページ】　http://www.cosmicpub.com/
【振替口座】　00110-8-611382
【印刷／製本】　中央精版印刷株式会社

乱丁・落丁本は、小社へ直接お送り下さい。郵送料小社負担にてお取り替え致します。
定価はカバーに表示してあります。

上司と恋愛
～男系大家族物語～

日向唯稀

「ひっちゃ、ひっちゃ、まんまー」

７人兄弟の長男・寧の朝はミルクの香りで始まる。一歳ちょっとの末弟・七生に起こされ、５人の弟たちを送り出す大奮闘の日々だ。そんな事情もあり、会社につくとホッとする寧だったが、ある日、やり手の部長との仕事でうっかりミスを起こしてしまう。落ち込む寧は挽回のために部長の姪を預かることになるが——!?

イラスト：みずかねりょう

セシル文庫　好評発売中！

狼ベイビーと子育て狂想曲

雛宮さゆら

小説のネタ探しに公園に行った雪哉は偶然、大学時代の憧れの先輩に出会う。先輩・白狼は小さな子供を連れていて、一歳ちょっとの士狼はすぐに雪哉に懐いた。だが驚くことにブランコから転がり落ちて、泣く士狼の頭にはなんと三角の耳が！　白狼親子は狼人間の一族だというのだ。まだ幼くて不用意に耳を出してしまい、保育園に預けられない士狼の面倒をみることになった雪哉は—。

イラスト：椎名ミドリ